守望心田

一个草根校长的心路历程

左廷伟◎著

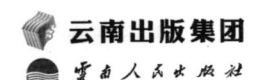

云南出版集团
云南人民出版社

图书在版编目（CIP）数据

守望心田 / 左廷伟著. -- 昆明：云南人民出版社，2021.6
ISBN 978-7-222-20263-4

Ⅰ.①守… Ⅱ.①左… Ⅲ.①随笔—作品集—中国—当代 Ⅳ.①I267.1

中国版本图书馆CIP数据核字（2021）第110069号

出 品 人：赵石定
责任编辑：李　洁
装帧设计：周　飞
责任校对：胡元青
责任印制：马文杰

守望心田
SHOUWANG XINTIAN

左廷伟 著

出版	云南出版集团　云南人民出版社
发行	云南人民出版社
社址	昆明市环城西路609号
邮编	650034
网址	www.ynpph.com.cn
E-mail	ynrms@sina.com
开本	710 mm × 960mm　1/16
印张	15
字数	180千
版次	2021年6月第1版第1次印刷
印刷	永清县晔盛亚胶印有限公司
书号	ISBN978-7-222-20263-4
定价	45.00元

如有图书质量及相关问题请与我社联系
审校部电话：0871-64164626　印制科电话：0871-64191534

云南人民出版社公众微信号

序

闫淳冰

  2020年的初春，一场突如其来的疫情禁锢了人们欢腾的脚步，大家都被迫禁足于家庭，生活因此变得简约而单调，而平日奔波流离者却可以尽情享受家庭的亲情与温暖。在这个格外清闲的时候，我的学兄左廷伟先生将一本沉甸甸的教育随笔书稿《守望心田》交予我，嘱我为之作序。我虽诚惶诚恐，却欣然应允，继而又觉着任务艰巨。我早就知道左廷伟先生喜欢文学写作，但没想到，他能在繁忙的工作、生活之余，一直坚持写教育随笔，为自己的心灵搭建了一座更为精致的花园，其中花团锦簇、树木葱郁。仔细品读后，我不仅佩服，也颇感欣慰。我看到了许多有思想有精神的文字，许多朴素的观念和执着的行动方略，对于改变我们当前的教育生态具有十分重要的意义。这是一个在教育这片希望的田野上辛勤耕耘了30多年，教书育人、读书养性、写文育世的学者型校长的样貌。文集撷取了他在教育教学和学校管理中的探索与思考，书中文章有些曾发表于专业刊物，有些是教育生活中的感悟，但更多的是他作为校长实现教育理想的宣言和行动方案。我从高楼缝隙眺望明媚的蓝天，迎春花在枝头孤独地绽放着明艳，恰如一个负重前行的基层教育工作者的背影。无论是在《杏坛管窥》，还是《驿路偶得》和《心园絮语》中都反映出了先进的教育理念、严谨的治学态度。文章虽像与邻家谈心般轻松，短的几百字，长的上千字，但字里行间却透露出作者对教育工作的执着与热爱，妙语佳句中显现出教育智慧，敬业乐业中体现着一个校长的责任与担当。

  守望即看守与瞭望，是一种守卫与渴望，是等待盼望。心田即内心，佛教语

守望心田

境中指"良心"。谓心藏善恶种子，随缘滋长，如田地生长五谷莨稗，泽雨无偏，心田受润。从《守望心田》这本文集的书名，我们就可以看到左廷伟先生在守望什么。细雨润心田，花开天地间。他在守望有良心的教育，看守有生命质量的教育，渴望给予学生幸福的教育，守卫向善的教育，盼望能办促进学生全面发展的教育。在守望中践行着朴素的教育理念，不断反思教育中存在的诸多问题，并孜孜不倦地在实践中革新。这种对有良心的教育的执着坚守，渐进地改变着教师的教学理念，改变着学生的生存状态，改变着教育的探索实践，逐渐使他实现了职业成熟、专业成长，也使其所在学校的教育生态不断变化。

　　教育的复杂性超出了人类的想象，在这一点上，只有爱情和幸福之类的话题可以与之媲美。面对纷繁复杂的教育过程，出现了许多心浮气躁，急功近利的现象，许多人都忘记了教师的初心与使命。黎巴嫩著名诗人纪伯伦说："我们只顾匆匆赶路，已经走得太远，以至于忘了为什么而出发！"教育也是这样，当我们感到走得很累，很迷茫时，就要回到"原点"来反思，需要修正方向，以便走得更稳、更好、更持久。作者多次提到要尊重教育规律，"办教育，不能心浮气躁，培养学生不能批量生产，教育是农业，是慢活儿，有它自身的规律，尊重个性，因材施教，循序渐进是基本方法。"教育就像种地，教师就像农民，需要做的就是春种秋收，做好自己该做的，然后顺其自然就行了。办教育需要这种对教育方向的修正，使教育回归本真。 置身于多元时代中的道德教育，怎样走出现实的泥沼，在缺憾中不断前行，在目前教育领域师德失范屡现，道德愿望与行为、道德投入与产出相差甚远的情况下，怎样才能让道德教育走进孩子们的心灵，特别是在生源较差的学校如何去做，左廷伟先生用他的理念和实践做出了明确的回答。"优化行为习惯，紧抓养成教育"，其中关键点是教师要用人格感染学生，"好习惯往往是具有好习惯的人带出来的，教师的人格是照亮学生的光源。" 德育是人类的一种高级情感培养活动，但是又和人类的理智、道德、审美、人格相互关联。"用真情自然切入，用真诚逐步深化"的人格感染，不仅是一般的职业素养和职业要求，也是德育规律的体现，是教育者的人道主义情怀，是化解教育实践难题的重要抓手。

"没有行动的理念只是一场梦，没有理念的行为是一种简单的浪费，理念和行动加在一起就可以改变世界。"任何教育行为都不可能离开教育观念，不管我们是否意识到，它都是实实在在地存在着，并顽强地渗透在我们的教育行为当中。正是作者信奉和贯彻了最朴素的教育观念，落实在教育教学实践中，才使这些教育观念具有了真实力量。在办学宗旨上坚持"办好百姓学校，做强平民教育"，在教育目标上强调"教育是人的教育，以发展人性，培养人格，改善人生为根本目的，最大程度促进人性美好，人格健全，人生幸福，是教育的价值所在"。在教学改革中主张"把课堂交还给学生"，在教学管理中坚持"以生为本的原则"，明确"上好课是真正的师德"的要求。这都是根据时代与教育发展的需要，根据对教育认识的发展，形成自己的理念体系，并改造现有的教育实践,使他曾经管理的学校质量和声誉都有了较大幅度的提升。

竹杖芒鞋，筚路蓝缕，记叙了探索者的艰辛；雁过留声，雪泥鸿爪，印证着实践者的足迹。教育是一门艺术，是一种智慧，是一项智者的工作。《守望心田》从一个侧面反映了左廷伟先生在繁重的学校管理工作之余，依然笔耕不辍的辛劳与不易，记载了其教育生涯的点点滴滴，这些都是他长期办学成果的真实记录，既是实践经验的总结，又是思想理念的精华。这些文字也使我们明白：教育是一条需要守得住寂寞，摒弃凡尘喧嚣的路。希望这本书的出版能给守望心田的教育工作者带来启发与鼓舞，坚守自己的一片精神领地，做有良心教育的践行者。

是为序。

2020年4月于陇东学院教师发展中心

办教育如同种庄稼，需要一颗朴素的心。既对未来的收成充满积极的期待，又能耐得住"汗滴禾下土"的辛苦与寂寞。教师和学生都是活生生的人，我们所做的一切努力只有敬畏生命，遵循规律，才能有实际的意义。

——题记

目　　录

杏坛管窥 1

校长素养提升要从小事做起 3
新形势下初中德育优化策略 6
语文课堂上，个性化阅读散发魅力的途径 9
博闻强记是教师职业幸福之源 12
留守儿童学业成绩提高行动计划 16
教古文学作品应重视语言的"非字典"意义 22
课改要谨防认识上的两个误区 25
唯有源头活水　方能立德树人 27
校园静美是学校永远的追求 29
新课改不能淡化教师的作用 31

学生中的非正式群体及其教育 32
　　浅谈小学班主任班级管理策略 35
　　对群文阅读的几点认识 40

驿路偶得 **51**

　　校长应该是热爱学习的模范 53
　　教师要不忘初心 54
　　期末随想 55
　　办好学校要考虑多种因素 56
　　要提高教师的幸福指数 58
　　不能轻视教师的"讲" 59
　　职业的困惑 60
　　也说"模式" 61
　　教课要善于抓住学生"兴奋点" 62
　　要使自己的教学行为趋于完美 63
　　做平民教育 64
　　要重视学校环境建设 65
　　新时期学校教育的几处"硬伤" 67
　　教育应在不变中求变 68
　　接地气的才真实亲切 69
　　书的境遇 70
　　埋头苦干不会过时 71

一路走来 72

　　教师要有角色意识 72

　　教师应该有"读"和"写"的习惯 73

　　学校管理也要研究"五种效应" 75

　　校长其实也很难 80

　　要对自己充满积极的期待 82

　　做命运的主人 83

　　学之殇 85

　　平民学校里秋天的故事 87

　　吃五谷杂粮 干世上累活——我的职教情结 91

　　我的教师节 95

　　由"胡红梅事件"想到的 97

心园絮语 99

　　办好职校要全方位谋划 101

　　每一个起点都很重要 103

　　树立好"三种意识" 106

　　抓常规要懂得凸现重点 109

　　课改并不神秘 114

　　抓教学质量要有实招 117

　　教师的素养十分关键 119

　　学校是我们共同的家 122

3

学会创造并体验职业幸福 123

我们不能做"井底之蛙" 126

快乐就在身边 128

做一个有修养的教师 130

学校管理中也应该讲"格局" 131

队伍建设要常抓不懈 135

境界是很重要的 137

抓质量要多措并举 140

情商比智商更重要 141

教师要维护好自己的职业尊严 144

有所懂得,才有所值得 147

常规和底线都要坚守 151

爱自己也很重要 152

当教师要懂得章法 153

会思考才会工作 154

要做个清醒的教师 156

教师要选好"圈子" 157

会欣赏是一种能力 158

爱学习的人才最美 159

学习不能等 161

提升素养关键在自己 163

自我修炼是一种功夫 164

目　录

教师要成为校园的风景 166
不可忽视软实力的作用 167
本色做人　角色做事 169
学校是教师的"精神家园" 171
做个习惯于反思的教师 174
未来的路是新的 178
教师成长是校长的荣誉 179
学校工作不能搞"花拳绣腿" 182
感受春天的气息 185
"立德树人"是永恒的话题 196
师生的形象要常新 199
教育情怀是校园的内核 200
我们要有国际视野 202
实力能产生魅力 205
桃李芬芳三十年 207
管理班级是一门艺术 209
"养成教育"十分重要 211
班主任应该是最优秀的教师 212
成长，我们共同的责任 213
女人应该活得精彩 216
爱在生命里 218
用极致的文字赞美女人 221

发挥好"半边天"的作用 224
做女人不易 225

后记 227

杏坛管窥

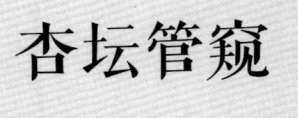

　　研究，是从问题的发现开始的。提出问题是研究的第一步。近四十年的教育工作经历，无非都是老生常谈。当班主任，做任课教师，担任教研组长、教务主任，到后来担任校长，工作琐碎，岗位平凡，可只要认真对待，就会时常与一系列的问题不期而遇。找准切入点，学习、思考、归纳，发表自己的看法，也觉得乐趣无限。

校长素养提升要从小事做起

校长是学校的领导者和管理者。领导就是做正确的事，管理就是正确地做事。如果把一所学校比作一辆汽车，那么，校长就是信号灯、导航仪和发动机。正所谓"一个好校长，就是一所好学校"。

在长期的教育实践中，怎么样做一个优秀的校长，同仁们曾进行了有益的探讨，形成了宝贵的经验。无论是教育理想，还是爱校情怀；无论是儒雅气质还是务实作风，都被公认为是好校长所必备的素养。

多年在基层校长岗位上工作的经验表明，要经营好一所学校，必须从细微处着手，提升自己素养。

一是校长要有倾听的习惯。有人说，校长是老师的老师。校长只有不断地深入一线，走进班级、躬身课堂、走进教研室，了解教情学情，倾听教师呼声，观察万千种教育现象，才能沟通和师生的情感，拉近与他们的距离，才能形成自己的教育理念，并运用于实践，为正确的决策获取第一手资料。著名教育专家李镇西曾经问上海建平中学程红兵校长："你当校长最多的时候是在做什么？"程校长说："我相当多的时间都在听老师们的诉说，虽然耗去我大量的时间，但我想，校长嘛，就是听老师使唤的！"话虽朴素，却是一语中的！我认为对一所学校来说，校长是魂，是教师的主心骨；教师是体，是校长实现教育理想的天使。校长如果高高在上，脱离教师，游离于教师之外，学校就会魂不附体。久而久之，百病缠身，面黄肌瘦，不堪一击。反之，校长只有把自己真正地融入教师之中，工作才能得心应手，学校才能健康持续地发展。

二是校长要懂柔和的艺术。学校管理的对象是活生生的人。在新的历史时期，面对不同年龄、不同层次的人，我认为在学校，管理就是服务，管理就是沟通，管理就是引领。教师管学生，要做到爱而不纵，严而不凶。校长管教师，首先是理念的渗透，其次才是行政的推动。这就更要贴近实际，通过沟通、开导、引领，让庸者在自责中奋起，让能者在自信中超越。

例如关于教师的作用，多少人在讨论、在研究，多少校长在大会小会地讲。我认为，一个优秀的教师，可以成就一个或一批学生。这不需要任何形式的强词夺理，事实胜于雄辩。1930年夏，闻一多先生受聘担任国立青岛大学文学院院长。这年暑期，青岛大学招生时，单独命题。语文题是两篇作文（任选一题），一个是"我为什么要报考青岛大学"，另一个是自命题抒发自己的感想。有一个考生把两篇都写了。第二篇写了一首诗，题为《幻光》："人生总在不断地追寻着幻光／但是谁如果把幻光真的当作幻光／他便会沉入无底的苦海。"阅卷时，闻一多先生觉得这是一首难得的好诗，给打了一百分。可在登分时，发现这个考生的数学是零分，按照当时校方规定，考生有一门课成绩为零者，不予录取。闻先生认为这个考生在文学上，特别是诗歌创作上很有前途，他力排众议，破格录取了这名学生，后来的事实证明，闻一多先生的眼光确实高远。这名考生就是中国现代文学史上有名的诗人臧克家。

一般说来，校长懂的道理，教师都懂。和颜悦色能说清的道理，为什么一定要暴跳如雷呢？作为一校之长，要懂得柔和的艺术。柔和有时比风暴更有力量。柔和是一种品质与风格，它不是丧失原则，而是一种更高境界的坚守，一种不曾剑拔弩张，依然扼守尊严的艺术。

我们的声音柔和了，就更容易渗透到辽远的空间。我们的目光柔和了，就更能轻灵地卷起心扉的窗纱。我们的面庞柔和了，就更能流畅地传达温暖的诚意。我们的身体柔和了，就更能准确地表明与人平等的信念。

柔和是一种艺术，宽容是一种美德，这是一个优秀的校长所必备的心理素养。古人说："天称其高者，以无不覆；地称其广者，以无不载。"校长要用最美好的心态包容你的教师，让教师以感恩的情怀去圆自己的梦！

三是校长要树完美的形象。校长要充分发挥好非权力影响力，要用自己的人格魅力去感染教师。把自己最完美的形象，最精彩的一面呈现给教师。首先要大气。大气不是大手大脚。它是一种处事的态度，是人的综合素质所散发的无形的力量。校长为人做事要大气，体现在对人要宽容大度，对事要站得高远。在实际工作中，抓大放小，原则不马虎，小事不计较，学会迂回，立足长远。如果事无巨细、婆婆妈妈，必将焦头烂额，怎么能轻松潇洒呢？其次要讲正气。校长是学校的灵魂，负责对学校精神的引领，必须通过制度建设弘扬正气，抑制歪风邪气，形成昂扬向上，风清气正的学校人文环境。三是要有书卷气。校长必须博览群书，身上要有书卷气。"腹有诗书气自华"。只有多读、勤思、善为，才能展现个人的魅力，才能树立完美的形象，才能得到师生的尊重。

有位哲学家说过，凡是应该思考的，都是别人思考过的，我们所做的努力，就是重新地加以思考。校长的素养，涵盖着方方面面的内容，校长素养的提升与学校的特色发展，是教育史上一个永恒的话题。作为一线的教育工作者，我们要立足当下，放眼未来，做教学思想的引领者，教育观念的引路人。不断更新自己的教育理念，让想干事的人有机会，能干事的人有平台，干成事的人有荣誉。在熟悉的校园里，且行且歌，用勤劳与智慧培养学生、成就教师、发展学校。在不断的实践与探索中体验职业幸福。

管理是一门科学，更是一门艺术。是科学，就要公平公正；是艺术，就要赏心悦目。教育管理和学校管理有着更为丰富的内容，需要我们用一生的精力去研究，去探索。但是只要我们按照正确的方向去努力，从一点一滴做起，不断提升自己的素养，我们的目的就一定能够达到。

好画流丹血作色，鲜花悦目汗入盆；浮云似物终成幻，不历艰辛不进门。

新形势下初中德育优化策略

在新的教育时期，初中德育既面临着新的机遇，也面临着极为严峻的挑战。之所以会出现这种情况，主要是因为影响初中生思想道德修养的积极因素与消极因素同样增长，所以教师应该对其中的积极因素进行全面的整合，并利用恰当的方式抵御消极因素产生的不利影响。为此，教师应对当前的教育形势有更加清晰的掌握，并且要对初中学生思想道德实际的发展水平进行更加全面的了解，然后在此基础之上实施更加恰当的德育策略，同时要不断对每一个德育环节进行优化。唯有如此，才能循序渐进地促进学生思想道德修养的发展。

1.优化行为习惯，紧抓养成教育

需要指出的是，学生内在的思想道德修养主要是通过外在的行为习惯表现出来的，所以为了对学生的思想道德修养进行培养，首先应该对学生的行为习惯进行优化。为此，在开展初中德育活动时，教师应该将优化学生行为习惯作为重要的突破口，紧抓学生的养成教育。同时，教师应该明白，学生行为习惯的优化不是一蹴而就的，而是需要长期的不断引导，所以无论采用任何形式的德育策略，都应该保障其延续性。

在组织本班的德育活动中，我主要是通过以下两种方式对学生的行为习惯进行优化：第一，明确常规要求，规范学生日常的行为。在中学德育中，《中学生日常行为规范》《中小学生守则》是最基本的依据。于是，我会根据这两个文件的内容，结合学生的实际特点，制定更加符合本班情况的规章制度与实施细则。同时，为了提升德育实效，我对学校各方面的德育管理要求进行宣讲，并组织学生观看《中学生文明礼貌教育》等教育片，从而教给学生正确的礼貌行为。此外，我还组织一系列相关的德育活动，以优化学生的行为习惯；第二，狠抓美育、体育，促进学生和谐发展。德、智、体、美等素养是相互影响的，所以我通过其他方面的教育对学生的行为习惯施加影响。如：我每个学期都会组织学生进行越野跑、队列、体操、跳绳等比赛项目。同时，我还通过各种措施使学生逐渐建立一些正确的审美观与欣赏美、创造美的能力，以此来对学生的情操进行陶冶。总而言之，只有通过多个角度的渗透，才能逐渐促进学生行为习惯的优化。

2.明确德育目标，紧抓观念教育

在新的教育形势下，学校德育的重点目标应该放在培养什么样的人、怎样培养人这两个方面。对于这两个问题的回答，新时期教育理念的基本要求是要培养既继承中华民族优秀传统，又满足当前社会发展需要的人。为此，教师在德育活动中应该将这一培养目标作为初中德育的基点，并在其指导下开展具体的德育活动。唯有如此，才能使德育教育的核心价值充分发挥出来。

通常来讲，中华民族传统美德主要包括仁爱孝悌、谦和好礼、诚信知报、修己慎独、笃实宽厚等。而现代社会发展情况则要求学生具备环境意识、效率意识、创造意识、科学精神、进取精神等。为了促进德育目标的达成，我会不断拓宽德育的渠道，采用更加灵活多样的教育形式。首先，紧抓行为养

成，这是最基本的措施。其次，紧抓学科积淀，坚持将学科教学作为思想道德教育渗透的重要渠道。最后，紧抓环境陶冶，营造更加良好的德育环境，从而在潜移默化中对学生施加更加积极的影响。此外，考虑到学生在成长与发展的过程中会逐渐产生较为明显的差异，所以在德育教育中将分层教学作为一种至关重要的指导原则。最终，通过这种方式，在把握住总体德育目标的前提下，也对不同学生的具体培养要求进行了细化。从而使不同德育水平的学生都逐渐在自己的基础之上取得了一定的发展与进步。

3.发挥社会作用，开展协同教育

从现实情况来看，校内教育在学生的学习与生活中只占到二分之一，甚至是三分之一。因此，为了提升德育实效，教师应该将思想道德教育延伸到校外，并将社会中的教育因素纳入学校整体的德育体系当中。这样可以拓宽德育的范围，从而通过更加全面的角度对学生施加德育影响。

例如家庭教育是校外教育因素的重要组成部分，因此，我在日常教学之余会与家长保持紧密的联系。在与家长的沟通交流中，我会不断向家长讲解一些当前比较科学的教育理念。以此来使家长认识到德育的重要性，并使其掌握一些行之有效的家庭德育方法。最终，在家长的协同配合下，有效提升了本班的德育质量。

在当前的教育背景下，德育日益成为最重要的教育内容之一。为此，教师应对德育教育给予充分的重视，并且要从德育方法上进行改进与优化。同时，根据新时期的德育形势，教师还应该及时对德育教育中出现的新问题加以解决，以促进德育质量的不断提升。

参考文献：

[1]吴慧聪,宋浦君,张慧萍.新时期初中班主任德育管理策略创新探究[J].文理导

航·教育研究与实践,2019,(12):255.

[2]王荣.浅谈初中班主任德育工作[J].数码设计(上),2019,(10):385-386.

语文课堂上,个性化阅读散发魅力的途径

目前,初中语文阅读课堂囿于"一言堂"的困境难以突破,课堂上,学生习惯听从教师的安排,像一把冷冰冰的枪,指哪打哪。由于这一事实的存在,个性化阅读可谓是举步维艰。如何才能让学生独立思考,如何才能激活学生思维,实现个性化阅读呢?回顾语文课堂,我发现个性化阅读的阻碍主要有:其一,教师不信任学生,习惯"满堂灌",整个课堂塞满了教师的言论和思想;其二,语文阅读突出并且注重工具性知识。至于情感和思想,教师一般会有意识地"铺路",学生只要按图索骥就能获得。由于阅读环境不自由、自主,学生没有机会独立发表意见。面对重重阻碍,个性化阅读要想散发魅力,教师必须做到以下三点:

一、留足独立阅读时间

简单来说,个性化阅读就是自由、自主的阅读,是不受他人意见和想法左右的阅读。在个性化阅读中,学生需要独立完成语言符号的传导和识别,自主加工文本信息,在对文本的批判性理解中实现语言认知和情感认知的同化、顺应和重构。面对复杂的个性化阅读,充足的时间是保证。故而,在个性化阅读中,教师需要给学生留足独立阅读的时间,而不是对学生的阅读"多加干涉",施以过量的个人思维和观点,让个性化阅读沦为一般性阅读。

以《三峡》的个性化阅读为例，面对这篇赞美三峡的古文，我没有一字一句地帮助学生抠字眼儿，而是空出了半堂课的时间让学生独立阅读，自主建构古汉语知识，梳理文本的主要内容，抓取文本的思想情感。在独立阅读中，我布置了几项任务，确保学生有效阅读，避免阅读时间的浪费。任务如下：

1.通顺朗读，正确标注全文的停顿。

2.弄懂每一个字的准确字音，勾出文中的通假字并加以理解。

3.正确翻译文本内容，标出"古今异义"的字词。

4.体会文本情感并能够独立表达个人观点。

在任务的"指引"下，学生主动抓取阅读信息，创新阅读思维，形成了对阅读文本的个性化认知。由此可知，充足的阅读时间是"酝酿"个性化阅读并让其散发魅力的保障。

二、营建自由讨论环境

个性化阅读是鼓励学生发挥创造力的阅读，要求学生对阅读内容进行反映，形成独特的阅读思维。故而，个性化阅读需要一个较为轻松、自由的环境。然而，初中生的认知水平较浅、知识面较窄，对于一些难度系数较高的阅读内容难以做出判断并形成自我观点。结合这一情况，个性化阅读需要营建自由讨论环境，让学生们在相对自由的环境中相互讨论、争辩、探讨，一起得出有意义的阅读结论，由此散发个性化阅读魅力，提高创造性阅读的能力。

以《记承天寺夜游》的个性化阅读为例，为了让学生张开思维的翅膀，有意识地选择文本信息、建构文本中心思想，我组织了以小组讨论为形式的阅读。具体来说，首先，将班级学生分成几个小组；其次，每个小组分发一张A2纸，要求组内成员在纸张上写下自己的阅读见解；之后，组内成员发表阅读见解，互相交流、讨论，拓宽阅读思路，丰富思想认知；最后，组内成员进行梳理总结，在纸张上汇总阅读成果。在整个过程中，通过营造自由讨论的环境，学生亲身参与阅读，真实发表个人观点，锤炼了个性化思维，提高了自主阅读能力，增强了阅读理解水平。故而，自由讨论的阅读环境可以散发出个性化阅读的魅力。

三、引导深度加工文本

个性化阅读的过程是一个同化加工的过程，阅读过程中，学生会将旧有认知与新认知融为一体，构建一个更加全面而系统的语文知识体系。故而，个性化阅读需要增加阅读的深度，即深度加工文本，从而积极发挥既有知识的能动作用，在原有知识的基础上挖掘、探索出新信息，增加语文知识与情感经验。只有这样，学生才能提高创造性阅读能力，个性化阅读才能散发魅力。

以《白杨礼赞》的个性化阅读为例，我引导学生对阅读文本进行了深度加工，让既有知识参与到二次加工之中，实现有深度、有思想的创造性阅读。比如，面对"那就是白杨树，西北极普通的一种树，然而实在不是平凡的一种树"这句话，我提出了一个问题：白杨树是如何不平凡的？就学生目前的认知而言，他们眼中的白杨树是一种树，是一种生活在西北的树。此时，学生加工原有认知，将西北的恶劣环境和白杨树的坚定不移相联系，深挖文本，得出了白杨树质朴、坚强、力求上进的高贵品质，验证了它的不平凡。而通过深度加工，学生提高了高阶思维能力，增强了创造性阅读素质。故而，对文本的深度加工可以散发出个性化阅读的魅力。

综上所述，个性化阅读就是给学生思考和发言的机会。只要遵循这一原则，个性化阅读自然能够散发魅力，学生的创造能力也将持续提升。

参考文献：

【1】李翠芬.初中语文个性化阅读教学实践探微[J].语文教学通讯·D刊（学术刊），2017，（9）：25-26.

【2】陈叶芬.让阅读绽放个性的花蕾——浅谈个性化阅读的指导[J].新课程（教研版），2011，（6）：52.

博闻强记是教师职业幸福之源

从审美角度看，令学生赏心悦目的教师必须具备三个条件：即"一表人才，一口官话（普通话），一手好字"。三个"一"无疑是从形式上对教师的自身形象和职业素养提出了基本要求。教师的职责是"传道授业解惑"，因此，论及优秀教师，其知识储备往往就成了最先考虑的因素。尤其是中小学文科教师，如果知识面窄，没有良好的形象思维品质，讲课始终丢不开课本，学生就会产生视觉和听觉上的疲劳，课堂教学效果肯定要大打折扣。没有了教学工作上的获得感与成就感，职业幸福感自然就无从谈起。教师职业需要博闻强记，而这既是一种状态，又是一种能力。

一、教师博闻强记是进行课前预设、创造有效教学情境的智力支撑。

众所周知，教学过程既是知识的传授过程，又是情感的交流过程。学习心理学认为，"知识的意义不完全取决于符号，而是存在于情境之中。人不能超越具体情境来获得某种知识，每一个学习者都是在特定的情境下建构知识的意义。"时下课堂教学改革已成"百花齐放"之势，但从来没有哪一种教学模式否定课前目标预设和教学情境创设。以初中历史课教学为例，八年级上册第一单元是《侵略与反抗》，从鸦片战争到《辛丑条约》的签订，完全是一段中华民族的痛心史。弱国无外交，饱受列强侵略后，如影随形的便是丧权辱国条

◇ 杏坛管窥 ◇

约的签订，而不平等条约的核心无一例外的是割地赔款。对于绝大多数八年级学生，掌握的历史知识尚缺乏一定的系统性，教师备课时如果仅仅停留在条约签订的背景及具体内容上，课堂上只依课本讲解，学生只能死记硬背，别的不说，单就每个条约赔款的数额而言，就极容易混淆。这就需要教师充分调动自己相关的知识储备，在历史的悲剧中寻找课堂的乐趣，创设认知情境，引导学生按照问题线索去思考，一步一步接近课前预设的目标任务。

《马关条约》是1894年中日黄海大战后，1895年4月清政府派重臣李鸿章与日本首相伊藤博文在日本马关签订的。条约签订前经历了艰难的谈判，日方代表咄咄逼人，清朝大员近似苦苦哀求，赔款日本军费白银三亿两分文不让，后来由于一个小插曲而使情况发生了变化。就在第三轮谈判结束，李鸿章准备回驿馆时，日本右翼团体"神刀馆"成员，一个二十几岁的青年人小山六之助向坐在轿子中的李鸿章开枪射击，子弹打中他左眼下方三公分处，李鸿章因失血太多而当场昏迷。待到他苏醒后，竟说了句"此血可以报国家"，在场人无不动容。后来果然是日本人怕因事态扩大，招致其他列强干涉而失去自己既得利益，还是做了让步，即"李鸿章挨了日本人一枪，为大清节省白银一亿两"。当李鸿章回国拿着染满鲜血的黄马褂呈给慈禧太后时，慈禧只是一笑，说道："难为你了，还留着！"她的漫不经心里透射着清政府的腐败与无能。而《辛丑条约》则是"八国联军"入侵北京后清政府被迫在1901年9月与十一国签订的又一个不平等条约，其中一项内容是清政府赔偿白银四亿五千万两。为什么是这个数字？当时中国人口是四亿五千万，列强煞费苦心，旨在表达"每人一两，以示羞辱"之意。

《马关条约》"大大加深了中国殖民化程度"，而《辛丑条约》则使"中国完全沦为半殖民地半封建社会"。两个条约的签订，李鸿章都是重要的当事人，作为政治人物，历史对其自有公论，作为一个饱览史书，对中国传统

文化造诣极深的文人，他的学养堪作典范。他一生曾代表国家签订过几个卖国条约，可他并不是没有爱国情怀。教师很有必要把李鸿章的绝命诗作为七言律诗的范例在课堂予以分享，并作简单介绍，让学生从中感悟这位"大清帝国的裱糊匠"在风雨飘摇中忧国忧民而又无力回天的悲怆：

> 劳劳车马未离鞍，临事方知一死难。
> 三百年来伤国步，八千里外吊民残。
> 秋风宝剑孤臣泪，落日旌旗大将坛；
> 海外尘氛犹未息，诸君莫作等闲看。

教师没有一定量的知识储备，达不到"内存"要求，就不能左右逢源，课前预设就有了很大局限，只能"就事论事"，同样如果缺乏教学情境，学生思维就不可能处于激活状态，一节课的收效只能更多地寄希望于课堂上的随机生成了。反之，渊博的知识加上得当的方法与传神的语言，课堂教学的效率就会达到极致。

二、教师博闻强记是学生获取拓展性知识的首要条件。

以前曾有道历史选择题，问黄花岗起义第一枪是谁开的，备选答案是：a.宋教仁 b.孙中山 c.黄兴 d.徐锡麟。考生们大都选了"c"，可接下来又问第二枪和第三枪是谁开的，这种带有一定迷惑性的提问，致使选择的结果有些五花八门了，原来标准答案就是"c"，理由是课本上有一句交代："黄兴连开三枪，揭开了黄花岗起义的序幕。"准确地说，这道试题已超出了历史知识的考查范畴，充其量就是一个带有脑筋急转弯性质的文字游戏，它并没有起到拓展学生思维的作用。其实教师完全可以在讲解清楚基本历史事实的基础上，有重点地介绍"七十二烈士"中的部分人物，比如林觉民，他在黄花岗起义三天前写给妻子陈意映的诀别信《与妻书》就选在中学语文课本里，无论是"吾作此书时尚是世中一人；汝看此书时，吾已成为阴间一鬼"的大义凛然，还是"吾作此书，泪珠和笔墨齐下"那种对爱妻的难舍之情；无论是感染了几代人的"吾自遇汝以来，常愿天下有情人都成眷属"的美好夙愿，还是"亦以天下人为念"，"为天下人谋永福"的高尚情操；无论是书信中那流淌着浓浓情感的语言，还是充溢于词句中的思想内涵，都称得上是出自名篇佳作，值得认真研读。林觉民与"戊戌变法"失败后本可脱身免去一死却淡定等死的谭嗣同的信念一脉相承，《谭嗣同》也是中学语文课本中的经典篇目，"各国变法，无不从流血而成，今中国未闻有因变法而流血者，此国之所以不昌也。有之，请自嗣同始！"这些名言，学生熟记之，受益匪浅。

　　课堂拓展，不是牵强附会，它是在教师引导下为更好地完成教学任务而进行的一种水到渠成的知识迁移和融合。自古文史相通，文以载道，历史课上有语文，语文课中有思想品德，教师因势利导，就会有事半功倍之效。

　　三、教师博闻强记是新时代对学校教育的强烈呼唤。

　　千百年来，在学生心目中，教师是知识与智慧的化身，是"先知先觉"的圣人。人类社会进入互联网时代以后，教师的权威受到了前所未有的挑战。这个时代学生获取知识的途径越来越多，"慕课""翻转课堂""云平台"等，彻底颠覆了传统意义上的学习方式，教师的"唯一性"地位已经丧失。譬如学生的周记、作文中，网络语言使用频率很高，尽管它的规范性尚未定论，可教师的"新文盲"角色还是充满了尴尬。至于某个领域里的知识，学生先于教师掌握已更不是什么新鲜事了。一个时期以来，部分教师思想上产生了误区，认为在现代信息技术教育手段被广泛应用于课堂的今天，资源共享已成常态，教师只需要熟练掌握教学媒体使用技术即可，指头一点，名流设计，专家教案，高效课堂，应有尽有。这种认识是极其错误的，新的教育形势下，对教师知识储备的要求上了一个更高的层次，不仅要有本专业知识，还要有相邻学科知识，更要有基本的网络和媒体运用知识，只有这样才能在泥沙俱下的环境中指导学生分辨良莠，学习有用知识，吸取健康养分。

　　教师的职业幸福莫过于得到社会的认可。多年的教育实践表明，学生对教师的尊崇首先是源于对其知识水平和能力的敬仰。因此，博闻强记的教师，更容易获得职业幸福感。就目前而言，他有得心应手的底气，就未来而论，他有不落伍的资本，正如美国著名心理学家泰勒·本·沙哈尔在《幸福的方法》中所言："生活幸福的人，不但能够享受当下所做的事情，而且通过目前的行为，他们也可以拥有更加满意的未来。"

留守儿童学业成绩提高行动计划

　　近年来，由于农村劳动力大量过剩，大批青壮年外出拼搏发展，留下子女同老人们待在家里，成为"留守家庭"，孩子成为"留守儿童"。这些学生长期没有同父母一起生活，缺少父母的关爱、引导和教育，在生活中表现出不会与人相处、任性、不合群、暴力、逃学、上网、早恋等状况，学习成绩令人担忧。一个留守儿童在他的作文里这样写道："一个人就是一个家，一个人想，一个人笑，一个人哭……"这是许多留守儿童共同的心声，读后不免让人揪心。留守儿童是当今教育的新问题，也是当今教育面临的难题，其所占比例之大，涉及问题之多，应该引起社会各界的高度重视。

　　一、我校的现状

　　我所在的甘肃省庆阳市西峰区北街实验学校地处西峰城区北郊，是一所九年一贯制学校。目前，全校共有74个教学班，学生总数4300人。每年新生入学,除过城区两所小学划片直升的200多名学生以外,其余新生均来自农村,形成了城里教师教农村学生的局面。据不完全统计,我校学生总数中的80%为外来务工人员随迁子女和留守儿童,相当多的家长靠务工、做小生意维持生计,家长对孩子的成才观念和前途培养意识相对淡漠,家庭教育相当滞后。在日常教学管理中,留守学生成了问题学生的主流,在亲情长期缺失的状态里,这些孩子已经产生了一系列心理、道德、学习等方面的问题,影响着他们的健康成长。

二、存在的问题

（一）家庭教育缺失

由于在增加经济收入与子女教育之间取舍失衡,一些家长在外出务工与子女就学、教育之间产生冲突时,他们往往选择前者。这其中,既有生活压力的原因,更主要的是教育意识的缺失。绝大多数家长没有认识到教育是最大的投资,而认为其是最大的负担。留守儿童几个月、一年甚至几年见不到父母亲是家常便饭。长期得不到父母亲的抚慰与关爱,这些孩子往往焦虑紧张,暴躁叛逆,不服临时监护人和老师的管教。我校2016级七年级新生中有一名学生叫聂琪琪,其父母在外经营货车,将其寄养在姑姑家。开学第一月,该生经常迟到,不认真听讲,最后发展到夜不归宿,不服从管教。由于上课偷听音乐,手机被老师收走之后,他逃学了,至今未归,令老师束手无策。由于缺少了家庭的有效监管,留守儿童的生活、学习习惯养成存在极大问题,不求上进、不交作业、不按时回家、抽烟酗酒甚至参与赌博等系列问题严重影响了学业成绩的提高和身心健康发展。可见,正处于身心迅速发展时期的中小学生,对学习、生活、自身的变化有太多的问题需要解决,但家庭不能充分给予他们精神上的支持和知识上的满足。

（二）家长期望不高

外出务工的家长整日忙于打工，没有时间与精力过问孩子的学习和生活，对孩子的困惑、需求、交往、兴趣的关注就更少了。监护人由于年龄、文化、身体和精力等方面的综合因素，对孩子的教育关注仅限于让孩子完成作业，家庭教育基本处于空白状态，导致孩子的学业在本身期望不高的基础上再打折扣。

（三）教育方法不当

由于家庭生活的不完整，留守儿童在心理发展上存在更多的困惑与问题，他们需要学校给予更多的帮助与疏导，需要通过教师、集体的温暖弥补亲子关系缺失对其人格健全发展形成的消极影响。有些父母因为没有时间陪伴孩子，总是用金钱来弥补心理上对孩子的歉疚，想方设法满足孩子物质上的需求，使得一些留守儿童养成了好逸恶劳、奢侈浪费的陋习。临时监护人往往重养轻教，把对留守儿童的教育责任全部推到学校方面，教育渠道单一，缺乏家庭、社会的配合，很难达到教育的目的。这些留守儿童，不爱学习、不守规章，寻衅滋事，同学之间打架斗殴事件时有发生。

（四）安全监护不力

在留守儿童中，由于父母长期不在身边，缺乏对儿童的安全监管，加之部分监护人对留守儿童的安全教育不够、监护不力，导致部分留守儿童的安全难以得到保障。特别是在双休、寒暑假期间，脱离了学校管理回到家中，临时监护人的管理难以到位，存在极大的安全隐患，甚至出现安全事故。

三、解决的办法

妥善解决农村留守儿童的教育管理问题，对于提高全民素质、维护社会稳定、推动社会可持续发展具有极为重要的意义。政府、学校、家庭、社会对留守儿童的生活和成长都负有不可推卸的责任。

（一）政府要为留守儿童的健康成长提供保障

1.要大力实施九年义务教育,保证教育公平,保证教育资源均衡,使留守儿童同城里学生一样,接受良好的教育。

2.要加强学校周边环境的治理,特别是要杜绝网吧和游戏厅接纳未成年学生的行为,让学生从根源上远离不良诱惑,安心学习。

3.要加强寄宿制学校的建设,发展农村寄宿制学校,是解决留守儿童系列问题的有效途径。

(二)学校要为留守儿童的健康成长搭建平台

学校在解决留守儿童的教育问题上应担当主角,要通过科学合理的课程设置,严格的教学管理,有针对性地开展系列活动,为留守儿童提供培养兴趣、发挥特长的平台,培养其阳光心态和积极进取的精神,以弥补家庭教育的不足。

1.建立长期档案。学校应对在校学生摸底,建立长期留守儿童专门档案,掌握在册留守儿童基本信息,做到每学期核对、更新。通过跟踪他们的成长过程,从而保障对他们生活上的需求求助和心理上的及时疏导。

2.师生结对帮扶。要保证对留守儿童的关怀落到实处,不妨通过师生一对一的互结对子,实施帮扶。一方面,帮扶老师要承担起心理疏导任务。通过老师与学生对话,帮助学生坦然面对成长的烦恼,对遭遇挫折或困难的孩子及时给予心理抚慰,特别帮助留守儿童克服孤独、胆怯、冷漠等心理,让老师真正成为他们的领路人,指引他们在成长的过程中不钻死胡同,少走崎岖路。另一方面,帮扶老师要起到功课辅导作用。一对一的帮扶,能让教师及时了解学生的学习情况,并根据存在的问题和薄弱科目有的放矢地进行辅导。教师要充分利用自习和课余时间,面对面解决学习中的疑难问题,还可以通过QQ、微信群等方式,在线辅导家庭作业,帮助留守儿童提高学业成绩。

3.家校形成合力。首先,让家访成为学校联系家庭的纽带。对于父母常年外出打工的学生，老师要加大家访力度，或通过电话、信件等形式，向家长汇报孩子的学习、生活和思想情况，指导家长或亲属如何教育孩子，将家庭教育缺失对孩子的影响减到最小。其次，让家长会成为互通信息的平台。学校每学期在期中考试之后召开家长会，展示学生作业，通报其在校表现，也让家长走进教室，深入了解孩子的学习。同时，家长会也为老师和家长的充分交流提供了机会，对制定学生发展计划有着重要的指导意义。最后，让亲子活动成为交流感情的手段。学校要利用春节和其他假期孩子父母返乡的时机，召开留守儿童家长座谈会，并组织一些寓教于乐的游戏活动，让家长和孩子共同参与，达到情感交流、心理共鸣的目的。

4.加强教学管理。在日常教学中，留守儿童要比其他学生有更多的关注的目光。落实好每一个教学细节，就是对他们极大的帮助。（1）严于作业检查。留守儿童的家长忙于务工，对孩子的家庭作业督促不到位，检查不到位，辅导不到位。有的学生趁机钻空子，作业应付差事，甚至直接不做。持之以恒的作业检查既可以帮助其克服懒惰思想，又能帮助他们养成良好的学习习惯。（2）勤于成绩分析。对每一次检测成绩，老师要进行纵横对比。对于进步学生，及时进行表扬和奖励，增强其自信心，促其向更高的目标迈进。退步了，要认真分析原因，帮助其寻找差距，提供合理有效的学习建议，鼓励其迎头赶上。（3）坚持进行课外辅导。利用自习和课余时间，由学校统筹安排，分学科对留守儿童进行集中辅导，帮助他们攻克薄弱学科，使他们在求学的路上走得更稳，走得更远。

6.做好因材施教。（1）分层次教学。教师在制定教学计划、组织教学活动时，应全面了解学情，分层制定目标，使各个层面的学生学有所获。（2）开展社团活动。社团活动是课堂教学的必要补充，针对留守儿童这一特殊群体的特点，采取自愿选择原则，让他们参加自己喜欢的社团，对培养兴趣、发展特长大有益处。目前，我校共有篮球、足球、田径、书法、绘画、声乐、吉他、管乐、科技制作和名著导读等10多个社团，由专任教师每周定时定点开展活动。另外，一部分班本课程也异军突起，如小学的剪纸、演讲、手工制作等小组，成绩突出。这些活动的开展，为留守儿童提供了广阔的学习和发展空间。（3）参加文体活动。强健体魄，阳光心态一直是我们追求的目标。学校根据时令节气、重大节日举办各类文体活动，如春季田径运动会、迎国庆诗文朗诵、庆元旦谜语竞猜、歌咏比赛、课本剧展演等，使一大批留守儿童走上舞台，展示风采，达到了活动育人的目的。（4）开展社会实践。每年的寒暑假，学校都积极开展社会实践活动，安排学生进行社会调查，完成调查报告，增加社会阅历。同时，我们还和陇东学院联系，针对留守儿童进行心理辅导和功课温习，让高校的源头活水成为留守儿童教育的必要补充。

（三）家庭要为留守儿童的健康成长提供保证

家庭教育是启蒙教育，也是影响人一生的至关重要的教育。留守儿童的父母要增强教育子女的责任意识。首先，关心孩子，要从"心"开始。父母要走进孩子的"心"里去，去了解他们心里想些什么，需要什么，不但要当好父母，还要当好孩子们的知心朋友。长期在外的父母应充分利用电话定期和孩子进行沟通，对其进行教育。其次，慎重考虑监护人的能力。当家长确实需要外出，一定要慎重考虑监护人的年龄、身体、监护能力等方面的状况，一旦选择不当，这种监护不但无益，甚至有害。最后，如果条件允许，要尽可能地将孩子带在自己务工的地方上学，避免隔代抚养，增加亲情教育，可以有效遏制诸多问题的发生。

（四）社会要为留守儿童的健康成长创造条件

加强社会教育组织或机构建设，充分发挥其对学校教育和家庭教育缺失的弥补作用，使家庭教育、学校教育和社会教育三位一体，互补共生。利用多

种宣传渠道，大力宣传各地各部门的好经验好做法，引起社会对农村留守儿童问题的广泛关注。要大力发展农村经济，让更多的农民就近务工。鼓励帮助农民返乡创业，使父母双方或一方能留在家里，减少留守儿童的产生。这是解决留守儿童问题的最好出路和长久之计。

总之，留守儿童的教育不仅对家庭、学校而且对我们整个社会教育体系都提出了严峻的挑战，留守儿童的教育任重而道远。作为学校，将在条件许可的范围之内，从关爱、帮助、教育等方面入手，采取一系列措施，竭尽全力为留守儿童提供优质教育，力争通过2—3年的努力，探索出符合实际的、切实可行的留守儿童教育方法，保证他们健康成长。

教古文学作品应重视语言的"非字典"意义

文学的基本特点是以语言为媒介来构筑形象，表现社会生活和人的内心世界。所以说文学本身就是语言的艺术。日常生活中使用的词句，或者作为概念的载体，依靠推论来揭示事物的共相，或者以表现概念为基础，描述客观世界和人的心理的某一现象，这就是语言的指称功能和表现功能。无论一般语言还是文学语言，都是这两种功能的统一体，只是侧重点不同而已。

我们把文学作品中语言的那种超出词句的原始内涵，融入作者的情感，作为形象载体时表现出的意义，即表现功能所揭示的意义，叫作文学语言的"非字典"意义。

中学古文学作品教学中，引导学生掌握基本的文言词义及语法结构无疑是很关键的一步。但是，长期以来，作品语言"非字典"意义的分析，一直未能得到足够的重视，这就使得古文学作品教学至今仍在低层次中徘徊。本文拟通过对古文学作品教学中语言"非字典"意义作用的探讨，以引起同仁对这一问题的重视。

一、只有分析语言的"非字典"意义，才能使学生与作者发生情感上的共鸣。

"登山则情满于山，观海则意溢于海。"（《文心雕龙·神思篇》）移情作为一种基本的文学创作手法，千百年来，一直被广泛地运用着。这就使得文学成为一种用形象与情感再现心灵和表现生活的艺术。成功的文学作品，总是充溢着作者丰富的情感。所以，文学作品中的词句，可能与普通语言中的一样，但情感的心境像水一样可以使这些词句改变原来的印象，浸润在一派新鲜的含义里，负载起不同寻常的心理内涵。如杜甫的《春望》："国破山河在／城春草木深／感时花溅泪／恨别鸟惊心。花，本来是悦目的，现在却勾人落泪；鸟鸣，本来是悦耳的，现在却反而使人惊心。"以我观物，故物皆着我之色彩。"（王国维《人间词话》）此时的花和鸟已成为作者情感流程的触媒，是其此情此景的客观对应物，它们已完全被作者伤感、悲戚的心理所浸染，因而它们要比在现实生活中负担更多的心理内涵。我们只有深入挖掘作品语言的"非字典"意义所包含的丰厚的底蕴，才能使学生将思维的触角伸向作者心灵的深处，真正地进入作者所营构的情感氛围，与作者发生心理的对接和情感的共鸣。

二、只有分析语言的"非字典"意义，才能为学生开辟广阔的想象空间

比起其他艺术媒介，文学语言的情感功能更为直接和强烈，人的一切思想和情感甚至潜意识和细微的心绪，都可以在文学语言中得到表达。尽管如此，文学作品中仍难免有作者言不尽意之处。陆机《文赋》称："恒患意不称

物,文不逮意。""文不逮意"也就是言不尽意。刘勰作《文心雕龙·神思篇》也述说了写作中"言不尽意"的苦恼,这是因为"意翻空而易奇,言征实而难巧。"原来是由意和言各自的特性决定的。意虚而言实,言不尽意是必然的。或有言意相合,"密则无际"的惬意,也有言意相隔,"疏则千里"的缺憾。但总之言意矛盾是不可能彻底解决的。既然"言不尽意",那么索性寄意于言外,让读者去想象去琢磨。另外,"托物言志"也是历代文人惯用的一种表情达意的方式,这都为读者创设了广阔的想象空间。所以,文学语言所表达的情感从严格意义上讲它还是个半成品,有待于鉴赏者去进行主动地补充,积极地发展乃至最终完成。

  柳宗元的《小石潭记》,开篇便告诉读者,小石潭无路可通,须"伐竹"才能"取道"而见潭。由此可知,这风景优美的石潭被长期弃置,无人问津。这就是作品字面意义提供给读者的表象。但是我们决不能仅仅拘泥于文学语言的原始意义,而要通过分析语言的"非字典"意义,给学生提供必要的材料背景,激发他们合理的想象力,进行再造想象,挖掘出其更为丰富、更加深刻的思想意义和情感容量,从而完整地把握作品的内容。"一切景语皆情语"(王国维《人间词语》),原来,《小石潭记》中的一树一竹,一水一石,都投射着作者磊落胸襟和抑郁情怀的折光。满腹经纶的柳宗元与这秀色可餐的小石潭有着同样的遭遇。这条竹树丛生,使人步履艰难的"道"上,洒满了他报国无门的痛惜之情。这才正是作者在作品中所寄寓的言外之意。

三、只有分析语言的"非字典"的意义,才有利于培养学生的悟性,使文学作品获得更为广泛的意义

  "一种明确无误的情感和情绪都不可能由文字语言的逻辑形式表现出来。"(苏珊·朗格《艺术问题》)正因如此,模糊语言在文学作品中的运用就极为普遍。李煜之作《相见欢》,不入前人窠臼,冲破人理智所不能逾越的

藩篱，用"剪不断、理还乱"状写"离愁"，成为千古之名句。明人沈际飞说："七情所至，浅尝者说破，深尝者说不破。破之浅，不破之深。'别是'句妙。"（《草堂诗余续集》）妙就妙在是一种说不出滋味的"离愁"所特有的滋味，这种具有"七情所至"的确定内涵的"离愁"滋味，在艺术上是"说破"与"说不破"的对立统一，因而审美上也是模糊性和明晰性在艺术整体上的一个集成系统。它多义而宽泛，复杂而变动，是一种有明确内涵的模糊集合体。古往今来，在日常生活的经验里，心灵经历过"离愁"和经受过相思之苦煎熬的人们，往往都会在胸中升腾起一种莫可名状、无法排遣的惆怅之感，沉浸在对往事的追恋和对未来的憧憬之中。我们只有深入到语言"非字典"意义所揭示的广阔背景中，才能不断唤起学生对有关现实和情感的表象经验，从构成人类社会这种不可缺少的宣泄和铸冶离愁的"感情图式"中，感悟个体情感的色调。这样，"模糊"的文学语言所表达的情感就会因每一个学生悟性品质的不同而显得异彩纷呈，文学作品随之也生发出了更为广泛的意义。

总之，分析古文学作品不能不分析语言，"透过说论者表面的含义，发掘其背后隐含的意义，是理解言语的更高水平。"（叶奕乾等《普通心理学》）我们只有切实重视对语言"非字典"意义的研究，才能真正进入古文学作品教学的最高境界。

课改要谨防认识上的两个误区

新课改倡导的是开放的课堂，是"自主、合作、探究"式的学习。其核

心是让学生成为课堂的主人。

推进课改，要谨防认识上的两个误区。

一、"放权"不是"放任"

新课改就是改变传统课堂上教师的"满堂灌"，把学习的主动权交给学生，让学生明确学习目标，自主解决问题，通过合作展示，最后在教师的指导下，总结规律，生成方法，进而拓展应用。从形式上看，在整个课堂的学习流程中，教师把所有权利都下放给了学生，自己成了配角。其实，这种"放权"，是一种"集权"的升华，是教师内功的释放。它要求教师成为学生学习过程的组织者，倡导者，学生建构知识意义的促进者，良好情操的培养者。首先是要对学生充满积极的期待。新课改突出学生的主体地位，强调关注"每个学生"。尽管学生个体差异很大，但教师要抱定"他们都行"的念头，并通过各种途径和方式，对其施加影响，传递信息，提供暗示。实践证明，在教学活动的各个环节，表现出对学生的充分信任，并给予学生更多的肯定与鼓励，可使其树立极大的学习信心，从而获得理想的教育效果。而能够把对学生的憧憬、期待、热爱、关怀之情，适时适度，恰如其分地释放传递到学生身上，也是教师的一种内在功力。其次要为学生设置良好的学习情境。要改变不理想的课堂教学生态，激发课堂教学走向高效。教师要通过精心备课，编制适合课改要求的优质导学案，依照课程标准、教材、教学进度和学情确立教学目标，围绕教学目标，科学合理地、巧妙地设计数量和难度适宜又符合学生的"最近发展区"课堂练习。设置与课堂问题情景相似的教学情景，使学生获取隐含于情境之中的知识，使课堂收到理想的效果。可见，教师放权给学生，并不是放任自流。"构建高效课堂"这一终极目标，始终把师生牵在一起，使他们"情同手足"。

二、"激活"不是"添乱"

新课改要将学生变成课堂的主人，无论是小组自学，学生展示，还是师生点评，总结提升，都需要调动每个学生对问题潜心思考，质疑问难，认识规律，拓展升华。在这个过程中，要使学生的思维处于一种激活状态，而且有解释和评价自己思维结果的权利，从而提高课堂教学的参与度、思维度和达成度。由于学生个体过去的知识经验不同，对同一个问题，就会表现出"仁者见仁、智者见智"，对同一个事物的解释也是独树的、单视角的，加之学生对知识的建构不是一次形成的，也不会终止。只有在与他人交流中逐步丰富、深化、多元化对主题的理解。因此，课堂上各抒己见，矛盾的冲突，思维的碰撞，智慧的启迪，司空见惯，但这一切都是围绕着教师根据教学任务预设的路线图而进行的，是形散而神不散。

"自主、合作、探究"的课堂，不像传统课堂教学中那种学生跟着教师转，整齐划一，而是"乱糟糟""闹哄哄"，异彩纷呈，但是只要抓住核心，引导得法，学生动的幅度再大，也是动而有序，动中见真知；课堂显得再活，也是"活而不乱"，"乱"中出成效。

唯有源头活水　方能立德树人

1917年1月4日，北京下起了大雪，天很冷，路上的行人都在回家。一辆马车缓缓停在北京大学门口，从马车上走下来一个戴着眼镜、穿着长衫、身材消瘦的人。他是蔡元培，新上任的国立北京大学校长。按照惯例，十几个校役侧

立两旁，齐刷刷向他鞠躬致敬，空气顿时变得很凝重。突然，他扭过身来，将腰深深地弯下去，给校役们鞠了个躬！当时的北大校长可是内阁大臣。那一个鞠躬，及其后来的故事，奠定了蔡先生成为"中国第一完人"的地位。那一个鞠躬，让一个将"立德树人"看成是教育的使命与责任的人成为万世师表。

立德树人，需要校长淡泊宁静。教育的使命是雕塑人的生命，培植人的灵魂。雕塑，需要精工出细活；培植，需要精心与呵护。而一切形式的浮华，容易引发人的狂躁，进而揉碎了雕塑与培植出的稚嫩的产品。朴素，方可追求教育的本真，本真就是教育规律。

作为校长，内心宁静而不喧嚣，他才会多想事、多做事，做有价值的事，他才能遵循教育规律和人才成长规律，让学校的教育担当起自己的使命和责任。淡泊与宁静，应当成为当代教育者的心灵自觉。一个有理想、有抱负的人，他一定拥有生命的热忱与激情。同样，一个拥有热忱与激情的生命，定然会拥有自己的理想与抱负。我们也可以认为，没有对教育的满腔热忱，不可能成为一个成功的办学者；没有生命的激情，教育一定是一片灰暗的土地，立德树人就是一句空洞的口号。

立德树人，需要教师春风化雨。韩愈说过，"道之所从，师之所存也。"任何一所学校，教学都是其中心工作，无论多么花样翻新的教学形式，无不以立德树人为核心。立德树人，就是培养的人要与时代同步，与教育规律合辙，与社会期待吻合。众所周知，学校的教育绝不是从教师到了课堂才开始的，教育影响学生的真正的力量，往往不是口头的说教，更多的是隐含在深层的人格力量。教师的人格往往就是照亮学生的光源，是立德树人的范本。教师人格辐射的力量，具有无为而治的功能，是一种心灵感应的震撼力量。

一个优秀的教师，他对人格最好的诠释，就是要向自己的教育对象袒露自己的真心、真情和真诚。教师的感召力一旦形成一个极具文化味的"磁场"，就会产生无为而治的奇效。教师只要能做到以人格凝聚人心，用精神引领发展，就能发挥心灵感应的震撼力量。

立德树人，呼唤学生自然成长。政治崇尚清明，经济强调效率，军事讲究实力，而教育首先是精神成长。教育是"慢活儿"，人的成长是一个缓慢的过程，如果教育过度奉行功利主义，效率至上，就会出现"灵魂危机"。学校教育，人是目的。

文化基础、自主发展、社会参与三个方面是当下叫得最响的"核心素养"的总框架，它是"立德树人"的具体指标，与我国传统意义上的治学、修身、济世的文化传统相呼应，有效整合了个人、社会和国家三个层面对学生发展的要求。

立德树人，要求教育应该有灵魂安顿的设计和精神居所的创生。我们的学校应该是一堆火，我们的每一个教师都应该是一盏灯。这盏灯，应该纵观宇宙，发现人生之美；应该照亮爱心，还原生命之善；应该充满梦幻，留住教育之美。

校园静美是学校永远的追求

"夫君子之行，静以修身，俭以养德，非淡泊无以明志，非宁静无以致远。"这是诸葛亮《诫子书》中的话，他劝勉的是八岁的儿子。时至今日，它已成为多少人的座右铭。

守望心田

静，就是恬静，雅静，安静之意。人只有内心安静了才能修身养性，同样的道理，以培养人为己任的学校，校园静美才是它永远的追求。

静美的环境才适宜生命的成长。众所周知，教育是一种生命的关怀。无论它如何变化，有一点是永远无法改变的，那就是：人是教育的主体，教育必须以人归依。

教育是人的教育，教育就必须目中有人。正如苏霍姆林斯基所言，"最核心的是把引导学生成人为第一要务。"以发展人性、培养人格、改善人生为根本目的，最大限度地促进学生人性美好、人格健全、人生幸福。这是教育的价值所在，也是教育的本质所在。目中无人的教育，不仅不人道，容易使教育走向自己的对立面，甚至还可以使教育失去存在的意义。校园静美并不是排斥书声琅琅，也不是杜绝欢歌笑语，而是对教育规律的尊崇与敬畏。当社会上的浮躁之风蔓进校园的时候，校园便不宁静了，当教育有了太强的功利意识的时候，课堂就不再真实而纯朴了。闹哄哄的校园，花拳绣腿式的教育模式下造就不出健全的人格。只有当人的成长规律与教育规律相吻合的时候，个体生命才能健康自由地成长。

静美的氛围才能成就诗性教育。诗性教育是指对受教育者所进行的旨在树立他们崇高理想和远大志向，促进其人性境界提升、理想人格塑造以及个人与社会价值实现的教育。诗性教育的基本特点就是本真、唯美和超然。真正美丽的事物，一定包含天然本色的元素，单调浮躁冷漠的环境里培养不出充满爱心的学生。办教育的人只有心静如水，用心谛听和体会教育的天籁之声，学校教育才能洋溢"大气、质朴"的文化气息，呈现"朴素、平实"的本真气色，营造"和谐、向上"的发展气势。

静美的心态才能涵养教育情怀。教育者都需要教育情怀。情怀是一种内心自觉，是一份情感寄托，是一种价值取向。校长应是一个文化人，更应是一个有教育情怀的人，只有心无旁骛，才能为实现教育理想而不断地思考和探索。教师只有守得住寂寞，才能践行好自己的职业承诺。学校只有不急功近利，校园才会有真正的书香。有"思"有"想"而无思想的教育者，只能使学校在把玩新名词、嫁接新术语中囫囵吞枣。

校园是师生共同生活的场所，是学生一生回忆的地方。静美的校园纯朴自然，静美的校园真水无香，静美的校园里可以静听天籁。

新课改不能淡化教师的作用

以学生"自主、合作、探究"为基本特点的新课程改革，其理论基础是皮亚杰的建构主义学习理论，它强调突出学生的主体地位，整个课堂是一种动态开放、合作的学习过程。但是，突出学生，并不是要淡化教师的作用。

传统的课堂总是教师牵着学生走，学生围着教师转。新课改力图革除这一弊端，主张尊重学生个性，尊重学生兴趣，尊重学生情感。把尝试成功、实现创新、质疑问题、发展探究、情感体验、学会选择、尝试失败等权利还给学生，让学生充满生命的活力。这一切对教师都提出了比传统的课堂教学更高的要求。教师的劳动应渗透在新课改的每一个环节中，其一举手、一投足，都充满着教育的智慧。

在新课改中，学生是主角。但是学生的"做"是需要引导的。为了使教学过程更为有序合理，需对教学的实施设计一条行动路线，帮助学生理解他们要做什么，怎么做，以及对结果做出评估。这是一个任务的细化过程，也是一个结果的导出过程。

因此，在导学过程中，无论是问题的预设还是导学案的编制，都是在认真研究学生、研究教材、熟悉课程标准的前提下进行的。只有这样，教学设计才能符合学生的"最近发展区"。放权于学生，并不是让教师做局外人。一个没有深厚教学功底，对学情缺乏研究的教师，在课堂上，即使"把桌子搬到一起，让学生聚成一堆"，也很难达到预想的教学效果。

从小组自学到学生展示，再到总结提升，教师讲的少了，但要倾注更多的精力和情感，要融情于理，做到"此时无声胜有声"。对课堂进行情景预设，对学生进行心理暗示。通过对问题适时的点拨，中肯的评价，对结果适度的拓展，精到的概括，使学生动起来，动而有序；使课堂活起来，活而不乱。这都不仅要发挥教师在实践中形成的风格特长，有时还需动用多年的知识储备。由此可见，要实现高效课堂目标，学生是台前的主角，教师才是真正的幕后推手。

传统意义上的"台上三分钟，台下十年功"，对于承担新课改任务的教师来说，似乎更为形象贴切！

学生中的非正式群体及其教育

班级是学校对学生施加教育影响最基层的单位，班级管理水平的高低，在学校整体工作中起到举足轻重的作用。在加强班级管理工作的同时，对学生中的非正式群体进行教育和引导，值得关注。

学生中的非正式群体，是以感情为纽带，以心理相容为基础的。成员之间由于兴趣相同、信念接近、经历相似、性格相投而结合在一起，它可以形成在班级内部，也可以跨越班级界限而存在。根据学生中非正式群体形成的原因，可以将其分成利益型、爱好型、信念型、情感型、亲缘型五种类型。无论是哪一种类型的非正式群体，都有以下特点：

有较强的凝聚力。因为群体成员是为了满足心理的需要而自愿结合在一起的，因此他们的观点爱好、利益是相一致的。感情融洽，关系密切，相互信任和支持，行为一致，心理协调，有较强的凝聚力和排他性，有较强的影响力。由于利害关系及感情上的一致使成员有服从非正式群体规范的自觉性，对群体有较强的归属感、所以群体对成员的心理有较强的影响力。有自然形成的领导人物，在非正式群体形成和发展过程中，自然涌现出了有威信的带头人当"头头"，其对其他成员有精神上的支配权。群体中信息沟通灵敏。非正式群体的成员之间由于感情融洽、交往频繁，因此，信息沟通很快，容易形成舆论上的一致。

这些学生中的非正式群体在班风学风校风形成中的作用，可分为三种类型：

1. 积极型

它的活动可以促进学校各项工作的开展，是一种积极力量。例如校园内各种兴趣小组，它们定期或不定期开展活动，从一个侧面培养了学生学习的积极性，促进了理论和实践课教学工作，丰富了校园文化生活。

2. 无害型

对学校教育目标实现无损害。例如"老乡会"等，其成员主要是由一种朴素的"乡情"来维持群体关系，从本质上讲，只要正确引导，它对学生的管理工作一般不会带来负面影响。

3. 消极型

对学校整体的工作目标的实现有阻碍和干扰作用。实践表明，这类型群体成员大多是习惯概念上的"差生"或"后进生"，他们思想表现差，学习态度不端正，集体观念淡薄，有一定心理障碍。他们相互之间称兄道弟，结帮拉派，以强凌弱，请吃请喝，迟到旷课，损坏公物，不服管教，对学校和班级的各项规章制度有明显的抵触情结。

针对学生中不同类型的非正式群体，我们要结合学校工作实际，采取相应的措施进行教育和引导。

一要注意感情联络。感情是非正式群体内成员相互关系的基础。对于学生中的非正式群体，要寻找突破口，晓之以理，动之以情，明之以义，在消除隔阂中实施影响，对他们自发组织起来的各种有益活动，应给予充分的肯定和大力的支持，促使其健康发展。二要注意目标导向。学生中非正式群体，尽管群体内团体压力很大，群体内部成员间的从众行为、标准化倾向都较强烈，从属信念和行为有高度的一致性。但是，学生的生活阅历毕竟很浅，世界观、人生观尚未定型，可塑性很强。因此，教师要通过细致的工作，使他们的行为目标与学校统一的要求相一致。同时，要在各项活动中为他们提供参与的机会，使他们在正式群体中能自我实现，获得一种成就感。三要做好核心人物的工作。学生中的非正式群体内自然形成的核心人物威信高，对群体成员的影响力很大。其成员可能在正式群体中甘心落后，而在非正式群体中不肯示弱。如班级中正常的收费缴不上来，同学过生日、摆宴席却一呼百应，有的甚至倾其所有，表现了"今朝有酒今朝醉"的大度。非正式群体中的核心人物对群体成员的影响力很大，做好他们的工作会影响一批人。因此，无论是学校管理者还是班主任，应想方设法，调动他们的积极性，激发他们的影响力，并通过他们带动其他成员的积极行为，防止和克服消极行为。在工作中注意加强引导和诱导，使其与学校的工作形成合力，学校对学生的管理工作才能取得明显成效。

浅谈小学班主任班级管理策略

随着新课改的不断推进，传统的小学班级管理模式已不再适应当今教学工作及学生发展的需要，小学班主任不仅要从自身的行为角度实现其管理策略的转变，而且其还要从管理思想的角度主动作出相应的调整，以与新时代小学生的思维认知特点相契合。具体而言，新时代小学生的成长条件普遍较为优渥，而且多数是家庭中的独生子女，这就进一步助长了他们的自我优越意识。因此，多数小学生在进入校园之后会感到不适应，因为其在家庭之中所能够享受到的优越感这个时候少了，这不仅会在其心理上造成一定的落差，而且还有可能会对班主任班级管理工作的有效开展产生抗性。因此，小学班主任不能再运用以往单纯的严格管理的方式教育学生和管理班级，而需要根据小学生的心理变化规律作出相应的调整。这不仅影响的是班级的整体管理水平，而且还关系到学生良好习惯的养成以及学习成绩的提高。笔者结合多年的学校管理经验，针对小学班主任班级管理实践进行深入的分析与研究，认为新时期要做好小学班主任班级管理工作，可以从以下几个方面着手。

一、关爱学生，建立和谐的师生关系

由于当今小学生的个人主体意识普遍较强，所以其不会轻易服从其他任何人的管理，包括班主任在内。对此，小学班主任则需要另辟蹊径，从关爱学生的角度出发，通过与学生之间建立和谐的师生关系的方式对他们的思维进行引导，以柔性管理的方式实现对小学班级的有效管理。班主任需要在班级管理初期尽量减少"刚性"制度的操作，而是多与学生进行沟通与交流，了解学生的内心世界，重视学生所有诉求，使他们感受到班主任对自己的体贴与关爱，从而产生对班主任的亲和感。值得注意的是，班主任对学生的关爱除了生活关爱、学习关爱之外，特别要注重对学生的思想关爱和心灵关爱，只有对学生施以多元化的关爱，学生才能够被班主任的关怀所打动，班级管理工作的开展才能够显得更加顺畅。在班主任与学生之间建立良好的信任关系之后，即可对学生的思维认知进行引导，比如小学生存在厌学倾向，班主任即可以朋友的口吻对其进行直接性地劝导和教育，让他们真正认识到老师对自己的批评与教育是为了自己，这样学生才能够改变过去的错误认知，同时也才能真正端正自身的学习态度。班主任除了注意加强对学生个人的思维引导之外，还要注意加强对学生整体的思维引导，特别是针对班级内部学生中存在的一些不良行为，班主任则要从小学生认知水平的实际出发，用通俗简单的语言，直白易懂的道理对他们进行说服引导，真正打通学生心结，促使他们自觉进行心理调适和行为修正。

二、树立典型，培养学生形成良好的习惯

小学生最主要的任务就是养成良好的习惯，这包括生活习惯和学习习惯等。对此，小学班主任在开展班级管理工作的过程中，在抓好养成教育的同时，依然需要将学生的学习放在重要的位置。一般说来，班主任在引导小学生努力学习时，其往往会以学习成绩较好的学生为例，这对于学习成绩较差的学生很不公平。对此，小学班主任需要从学习成绩较差的学生入手，努力挖掘并培养其中具有一定学习潜力和学习意愿的学生，对症下药，改变其学习状态和学习习惯，提高他们的学习成绩，并以此为典型，培养其他学习成绩较差或者对自身学习失去信心的学生的学习品质，进而逐步优化全班学生的学习习惯，

提升班级学生的整体学习成绩。在班主任培养学生典型的过程中，前期的典型物色阶段要做好"保密"工作，人选一旦确定，就要对其学习表现状况进行全程关注，并不断干预指导，以此引起其他学生的注意。在学生的学习成绩取得较大的进步时，班主任则要对其进行及时鼓励。这种鼓励既可以是精神方面的，也可以是物质方面的，以此增强他们的获得感。班主任要不失时机地对这些学生的逆转过程进行分析解读，以使其他学生真正领悟到只要自己努力，学习成绩肯定可以得到提高。当然，班主任在对典型进行宣传时，重点是引导学生掌握精当的学习方法，养成良好的学习习惯。让学生知道自己应该如何学和怎么学，才能不走弯路。心理学研究表明，小学生的注意力是在不断发展的，主要表现为注意的集中性和稳定性增加，注意的范围有所扩大，注意的分配和转移能力逐渐提高。因此，班主任通过典型在激发起学生的学习兴趣和学习动力之后，便要将正确的学习方法进行广而告之，并且还要对学生的学习状态和习惯进行监督，以促进他们良好习惯的形成。

三、家校联合，平等对待又区别管理

小学班级学生数量众多，班主任在对学生进行管理时，要做到一视同仁，既不可对学习好的学生有所偏爱，也不能对学习差的学生有所歧视，否则不仅不能做好班级管理工作，而且还有可能影响教师自身在学生心目中的崇高地位。因此，小学班主任在开展班级事务管理时，要做到公平公正，唯此也才能做好学生的思想教育工作，并真正得到学生的尊崇和信赖。由于学生的家庭环境不同，个体差异的存在，班主任在开展班级管理工作时，既要统一要求又需要区别管理。比如针对单亲家庭的儿童以及父母外出打工的留守儿童而言，班主任就要对该部分学生施以更多的关爱，要尽可能的弥补不同境遇孩子的心灵缺失，这既是班主任的责任，同时也是师者仁爱之心的彰显。作为班主任首先需要搞清楚每一名小学生的家庭状况，以对全班学生的家庭成长环境做到全

面了解。同时，班主任还要经常性地与每一名学生的家长保持密切沟通，以了解学生的性格特点以及最近的心理状态等，将学生的教育管理工作战线延伸至学生的家庭教育管理之中，通过家校联合的方式，对学生施以更加全面的管理与关爱，尽可能消除管理死角。班主任还要注意做好家访工作，要通过与学生家长或者监护人进行面对面沟通的方式，帮助其制定出最佳的教育管理方案，而且还要取得家长或者监护人的密切配合，保证其对孩子教育管理工作的有效开展。班主任还可以通过对学生家长布置作业任务的方式，实现对小学生的家校联合管理。这主要是针对在学校表现较差的学生，教师不仅要将孩子在学校的行为表现告诉家长，而且还要督促家长在家里对孩子进行正确引导，以多管齐下的方式促进小学生矫正不良认知以及行为习惯。

四、制定班规，以必要的制度加强班级管理

正所谓"无规矩不成方圆"，班主任在开展班级管理工作时，不能仅通过自身的监督以及意愿进行班级管理，这样既不能实现较好的管理效果，同时又难以得到学生的普遍信服，甚至还会有少部分学生产生逆反心理，认为班主任处事不公。因此，班主任需要通过设立班规制度的方式开展班级管理，增强班级管理的科学性。班主任首先需要明确小学生德育工作要求，制定班级管理制度基本框架。然后再通过召开班会的形式，组织学生共同商讨班级规章制度的具体内容。将班规细则的制定权交付到学生手中，发挥学生的集体智慧，确保酝酿出既切合自身实际又有很强操作性的班级管理规章制度。班主任只需在此过程中起好把舵定向的作用。在班级规章制度设定完成之后，班主任即可对其内容进行语言把关，归纳梳理，并在征求全班学生的一致同意之后，经过有创意的设计，以文字的形式张贴于教室的特定位置，以便于时时提醒和约束学生。当然，班级规章制度的监督者并不能仅是班主任一人，同样需要发挥班干部以及全班学生的共同作用，从而保证它的有效性。如果班主任自身存在违反

班规的行为，其要主动承认并接受班规惩罚，这既是为了对学生遵守班规做出表率，同时又是为了维护班规的权威性。

总而言之，小学班主任班级管理工作的有效开展并不是一件简单、容易，一劳永逸的事情，它不但需要科学的理论作指导，还需要班主任辛勤付出和努力。但这并不是说班主任就要起早贪黑、事无巨细都亲力亲为。这种通过外在行为约束的方式不仅不利于班级管理工作的有效开展，而且还会使得班主任的班级管理工作越来越累，这不是一名优秀班主任所要达到的班级管理效果。对此，小学班主任需要注意观察和了解学生，注意与学生之间建立良好的师生关系，多以朋友的身份与学生展开沟通与交流，而不是仅以师者的身份约束学生。针对学生不良的习惯，班主任同样不可强行逆转，因为没有得到学生认同的管理方法不会具有太大的约束效力。班主任需要从具体实际出发，树立典型，彻底改变学生不良行为和对于学习的错误认知理念，进而逐步促使他们良好习惯的养成。由于班级内部学生的个人状况不尽相同，所以班主任在开展班级管理工作时，要注意摸清不同学生的具体情况，从而有针对性和方向性地对其进行管理，以保证班级管理的最终效果。班主任还要学会依法治班，依规治班，切不可完全凭借自己的主观意愿开展班级管理工作，任何将学生个人的思维认知排除在外的管理方式很难得到班级学生的集体认同。

教书育人是一项系统工程，基础教育阶段，特别是小学，是一个人成长最为关键的时期。这个学段的班级管理工作至关重要，面对多元化的价值取向，面对来自各方面的社会诱因，小学班主任要不断研究教育规律和少年儿童身心发展规律，创新工作方法，对每一个学生都要充满积极的期待，运用好班级管理中的"罗森塔尔效应"。并能率先垂范，以自身的学识与德行感染学生，做到润物无声。

对群文阅读的几点认识

我们平常的阅读，一类是纯消遣性的阅读，一类是为完成某项工作研究而进行的有目的的阅读，也就是功利性阅读，其实功利性阅读大都属于群文阅读的性质。

一般情况下，文章都是一篇一篇地读，有时也能一组一组地读，这一组一组地读就是群文阅读，但这并不是说群文阅读就是各种文章杂乱的拼凑和堆砌。它需要将不同的文章按一定的目标、规则、标准等加以组织，要把一组文章看作一个整体，而单篇文章只是这整体的一个组成部分。

群文阅读目的就是要从读懂"一篇"到读通"一类"。基本形式就是"1+X"，具体选文时，主要从以下几方面入手.

一、围绕"人文主题"选文

"人文主题"的内容宽广，包括祖国风光、爱国情怀、人间真情、人与动物等。根据不同的"人文主题"选择相应的文本，引导学生去学习，从而受到思想教育和人文熏陶。

如教统编教材六（上）的《草原》一课时，可以将《长江三峡》《美丽的小兴安岭》等作为"X"进行多文本阅读，学生就能更多地了解祖国的山河，更能激发起他们的爱国之情。

二、围绕"文章体裁"选文

根据"1"的体裁，选择相同体裁的相关文本，组织学生学习，目的是让学生能够把握这一类体裁、文本的特点。

如教统编版三（下）教材中的小古文《守株待兔》时，与另外两篇小古文《揠苗助长》《掩耳盗铃》构成"1+X"内容组合，让学生从《守株待兔》中习得小古文阅读的常用方法，来学习另外两篇，达到丰厚学生知识底蕴的目的。

三、围绕"表现手法"选文

小学语文课文常用的表现手法有动静结合、点面结合、借物喻人、侧面描写等。可以根据"1"的表现手法，让学生阅读类似的文本。如教学统编教材六（上）中的《开国大典》时，"学会点面结合的场面描写"是本课一个主要的教学目标。为了有效地达成这一目标，我们可以从《十里长街送总理》《谁是最可爱的人》两篇文章中截取点面结合场面描写的相关段落，作为"X"进行学习，让学生在阅读中写作。

群文阅读是阅读方式的革新，它可以把读者的阅读能力从"读懂"一篇文章提升到"读通"一类文章，例如我们把《孔融让梨》《司马光砸缸》《曹冲称象》《继昌学射》4篇文章组成群文，从题目看，他们都属于"某人做某事"这一类文章，在每篇文章中解决问题的着重点不同：《孔融让梨》主要展示孔融说的话；《司马光砸缸》是突出司马光的行动；《曹冲称象》则是表现曹冲的创造性思维；而《继昌学射》是揭示成功的秘诀——不仅需要名师的指点与个人的勤学苦练，还需要内心深处的自我战胜。通过这样的群文阅读，我们对"某人做某事"一类的文章的认知，较之阅读其中的单篇文章，就要全面深刻得多。

义务教育语文课程标准（2011年版）要求"九年课外阅读总量应在400万字以上"，并提出"要重视培养学生广泛的阅读兴趣，扩大阅读面，增加阅读量，提高阅读品位。提倡少做题，多读书，好读书，读好书，读整体的书"。

守望心田

群文阅读正好契合了课程标准的阅读期待。

确定了"1"再选取"X"时,无论依据的是哪一个标准,其基本点都是一致的,这就是要找到文本的内在规律。

以"东坡望月"为例,可以选择苏轼的《江城子》《卜算子》《水调歌头》组成群文。

苏东坡19岁时与年方16的王弗结婚,王弗27岁去世。1075年,苏东坡到密州任职,这一年正月二十,他梦见爱妻王弗,写下传颂千古的悼亡妻词。

江城子·乙卯年正月二十日夜记梦
宋·苏轼

十年生死两茫茫,不思量,自难忘。千里孤坟,无处话凄凉,纵使相逢应不识,尘满面,鬓如霜。

夜来幽梦忽还乡,小轩窗,正梳妆。相顾无言,惟有泪千行,料得年年肠断处,明月夜,短松岗。

这是作者为了纪念亡故的妻子而作的一首词,这里的月亮是"相思月"更是"断肠月"。

卜算子·黄州定慧院寓居
宋·苏轼

缺月挂疏桐,漏断人初静。

弯弯的月亮挂在枝叶稀疏的梧桐树上,夜阑人静,漏壶的水断断续续。

谁见幽人独往来,缥缈孤鸿影。

有谁见到幽人独自往来,仿佛天边孤雁缥渺的身影。

惊起却回头,有恨无人省。

突然惊起又回过头来，心有急恨却无人懂得。

　　拣尽寒枝不肯栖，寂寞沙洲冷。

挑遍了寒枝也不肯栖息，甘愿在沙洲忍受寂寞凄冷。

　　这是作者被贬居黄州后的抒怀之作。词借用孤雁夜飞，书写政治失意的孤寂和忧愤之情。

　　词人运用象征的手法，表现了自己高洁自许，不愿随波逐流的心境。

　　"惊""寒""寂寞""冷"等词眼儿写出词人在患难之中"忧馋畏讥"的情绪。

　　这里的月是缺月，是凄清之月，是孤独之月。

　　黄庭坚《山谷题跋》说此词"语意高妙，似非吃烟火食人语，非胸中有数万卷书，笔下无一点尘俗气，孰能至此"。

　　黄庭坚是"苏门四学士"（黄庭坚、晁补之、张耒、秦观）之一。

水调歌头.明月几时有
宋·苏轼

　　丙辰中秋，欢饮达旦，大醉，作此篇。兼怀子由（苏辙）。

　　明月几时有？把酒问青天。不知天上宫阙，今夕是何年。我欲乘风归去，又恐琼楼玉宇，高处不胜寒。起舞弄清影，何似在人间。

　　转朱阁，低绮户，照无眠，不应有恨，何事长相别时圆？人有悲欢离合，月有阴晴圆缺，此事古难全。但愿人长久，千里共婵娟。

　　这首词是宋神宗熙宁九年中秋作者在密州时所作。这一时期苏轼因为与当时的变法者王安石等人政见不同，自求外放，辗转各地为官。他曾要求调任到离苏辙较近的地方为官，以求兄弟多多聚会。到密州后，这一愿望仍无法实现。

这一年的中秋，皓月当空，银辉遍地，与胞弟分别之后，转眼已有七年。此时此刻，词人面对一轮明月，心潮起伏，于是乘酒性正酣，挥笔写下了这首名篇。

把月亮比作"婵娟"，是思念的月，祝福的月。"但愿人长久，千里共婵娟。"中秋佳节，多少文人月下抒怀，而苏东坡这一望，心中不仅望到了自己的亲人，更是望尽了天下所有的离别之人。

三首词作里的"月"各不相同，月的形象在苏轼的笔下变幻多姿，我们必须把握好文本的意象规律。

孔子说：圣人立象以尽意。

怎么把握意象规律？所谓意象，简单来讲就是以象显意。

比如"月"的形象，长期以来积淀在中国人的心中，"眼中月"是"象"，"心中月"是"意"，"象"何以表达"意"呢？因为有关联，有相似。某种关联，某种相似必然带来某种象征，某种寓意。

月光清冷，所以能表达凄清与孤独；月有圆缺，所以能表达团聚与分离，把这些感觉进行关联之后就有了意象。而意象就是文本规律。

借"月"抒怀并不是古人的专利。

荷塘月色（节选）

朱自清

这几天心里颇不宁静。今晚在院子里坐着乘凉，忽然想起日日走过的荷塘，在这满月的光里，总该另有一番样子吧。月亮渐渐地升高了，墙外马路上孩子们的欢笑声已经听不见了……

曲曲折折的荷塘上面，弥望的是田田的叶子，叶子出水很高，像婷婷的舞女的裙，层层的叶子中间零星的点缀着些白花，有袅娜地开着的，有羞涩地打着朵儿的……微风过处，送来缕缕清香，仿佛远处高楼上渺茫的歌声……

月光如流水一般静静地泻在这一片叶子和花上。薄薄的轻雾浮起在荷塘里。叶子和花仿佛在牛乳中洗过一样，又像笼着轻纱的梦……

"四·一二"政变后，作者对生活感到惶惑矛盾，内心抑郁，是始终无法平静的。于是写下了这篇文章。这篇散文通过对冷清的月夜下荷塘景色的描写，流露出作者想寻找安宁但又不可得，幻想超脱现实但又无法超脱的复杂心情。

花开的声音，如诉如吟，入梦的风景，亦幻亦真。

荷花淀（节选）

孙犁

月亮升起来，院子里凉爽得很，干净得很，白天破好的苇眉子潮润润的，正好编席。女人坐在小院当中，手指上缠绞着柔滑修长的苇眉子，苇眉子又薄又细，在她怀里跳跃着……

《荷花淀》是1945年创作的。写的是抗日战争最后阶段的冀中人民的斗争生活。

清新真挚，自然而又明丽是孙犁小说散文的风格。

水生嫂这样的劳动妇女勤劳、乐观、朴实、贤惠、温柔，把对丈夫的依恋与离别的伤感，转化为对丈夫赴前线抗战的理解和支持，塑造了一个识大体、顾大局的农村妇女形象。

少年闰土

（选自《故乡》人教版六年级上册）

守望心田

  深蓝的天空中挂着一轮金黄的圆月，下面是海边的沙地，都种着一望无际的碧绿的西瓜。其间有一个十一二岁的少年，项带银圈，手捏一柄钢叉，向一匹猹尽力地刺去，那猹却将身子一扭，反从他的胯下逃走了。

  这少年便是闰土。我认识他时也不过十多岁，离现在将有30年了……

  作者塑造了一个"聪明、机智勇敢、见多识广"的少年闰土形象，与中年闰土形成了巨大对比。

  再看几个例子，大家注意下面几组诗文是以什么分成一类的？

从百草园到三味书屋（节选）

  我家的后面有一个很大的园，相传叫做百草园。现在是早已并屋子一起卖给朱文公的子孙了，连那最末次的相见也已经隔了七八年，其中似乎确凿只有一些野草；但那时却是我的乐园。

  不必说碧绿的菜畦，光滑的石井栏，高大的皂荚树，紫色的桑葚；也不必说鸣蝉在树叶里长吟，肥胖的黄蜂伏在菜花上，轻捷的叫天子（云雀），忽然从草间直窜向云霄里去了。单是周围短短的泥墙根一带，就有无限趣味。

  美丽多彩的百草园，是"我"儿时的乐园。景物描写是为了衬托枯燥无味的三味书屋生活。

故乡（节选）

  我冒了严寒，回到相隔二千余里，别了二十余年的故乡去。

  时候既然是深冬；渐近故乡时，天气又阴晦了，冷风吹进船舱中，呜呜的响，从篷隙向外一望，苍黄的天底下，远近横着几个萧索的荒村，没有一丝活气。我的心禁不住悲凉起来了。

啊！这不是我二十年来时时记得的故乡？

小说一开始极力渲染悲凉气氛，是为后面的感慨做渲染和铺垫。这也正是"我"此次回故乡的悲凉心境的反映，也为文章后面描写旧中国农村、农民在多重压迫下破败、凄惨的景象埋下了伏笔。

药（节选）

秋天的后半夜，月亮下去了，太阳还没有出，只剩下一片乌蓝的天，除了夜游的东西，什么都睡着。华老栓忽然坐起身，擦着火柴，点上遍身油腻的灯盏，茶馆的两间屋子里，便弥满了清白的光。

……

那坟与小栓的坟，一字儿排着，中间只隔一条小路。华大妈看他排好四碟菜，一碗饭，立着哭了一通，化过纸锭；心里暗暗地想，"这坟里的也是儿子了。"那老女人徘徊观望了一回，忽然手脚有些发抖，跄跄踉踉退下几步，瞪着眼只是发怔。

华大妈见这样子，生怕他伤心到快要发狂了；便忍不住立起身，跨过小路，低声对他说，"你这位老奶奶不要伤心了，——我们还是回去罢。"

故事的开端景物、人物描写，引人进入一种阴暗、怪异、恐怖的氛围中。

文终两位母亲上坟，小说明暗两条线合拢。烈士的鲜血终究没有成为医治贫苦农民华老栓的儿子华小栓的痨病的灵丹妙药。

作品流露出的悲愤的弦外音，沉痛的象外象、警世的言外意，批判了辛

47

亥革命的不彻底性。

上面三篇文章都是鲁迅的作品。一篇散文，两篇小说。从表现手法上看都是衬托。两篇是正衬，一篇是反衬。

通读全文，无论是褒扬、赞美还是鞭笞、揭露，有了景物描写，作者的基本观点，文章的主题都表现得淋漓尽致。

过零丁洋
文天祥

辛苦遭逢起一经，干戈寥落四周星。
山河破碎风飘絮，身世浮沉雨打萍。
惶恐滩头说惶恐，零丁洋里叹零丁。
人生自古谁无死，留取丹心照汗青。

谭嗣同（节选）
梁启超

……

"各国变法，无不从流血而成，今中国未闻有因变法而流血者，此国之所以不昌也。有之，请自嗣同始。"

狱中题壁
谭嗣同

望门投止思张俭，忍死须臾待杜根；
我自横刀向天笑，去留肝胆两昆仑。

与妻书(节选)

林觉民

意映卿卿如晤：吾今以此书与汝永别矣！吾作此书时，尚是世中一人；汝看此书时，吾已成为阴间一鬼。吾作此书，泪珠和笔墨齐下，不能竟书而欲搁笔。又恐汝不察吾衷，谓吾忍舍汝而死，谓吾不知汝之不欲吾死也，故遂忍悲为汝言之。

吾至爱汝，即此爱汝一念，使吾勇于就死也！吾自遇汝以来，常愿天下有情人都成眷属，然遍地腥云，满街狼犬，称心快意，几家能彀？

吾诚愿与汝相守以死。第以今日事势观之，天灾可以死，盗贼可以死，瓜分之日可以死，奸官污吏虐民可以死，吾辈处今日之中国，国中无地无时不可以死！到那时使吾眼睁睁看汝死，或使汝眼睁睁看我死，吾能之乎！抑汝能之乎！即可不死，而离散不相见，徒使两地眼成穿而骨化石，试问古来几曾见破镜能重圆，则较死为苦也，将奈之何？今日吾与汝幸双健；天下人人不当死而死，与不愿离而离者，不可数计；钟情如我辈者，能忍之乎？此吾所以敢率性就死不顾汝也！

吾今与汝无言矣！吾居九泉之下，遥闻汝哭声，当哭相和也。

……

林觉民是黄花岗72烈士之一。

清朝末年，革命烈士林觉民在1911年4月24日晚写给妻子陈意映的一封绝笔信。在这封信中，作者委婉曲折地表达了自己对妻子的深情和对处于水深火热中的祖国深沉的爱。

这封信字字血、声声泪。作者对爱妻动之以情，晓之以理，明之以义，申述了自己决心赴死的理由，表现了林觉民烈士大义凛然、"以天下人为念"的家国情怀。

以上诗文都表现了一个共同主题：为国而死，视死如归。

通过上面这几组例子，我们可以得出一个结论，群文阅读并不是阅读群文，"1"与"X"之间必须有着某种关联。群文阅读拓宽了学生的阅读面，为课堂和课外知识的融合架起了一座桥梁。

古人说："书中自有黄金屋，书中自有颜如玉。"

高尔基说："书籍是人类进步的阶梯"，"热爱书吧，这是知识的源泉。"

让我们都来读书，让我们带着自己的学生来读书吧。

世界上最有魅力的语文老师，必定是一个博览群书的人。

（教师培训讲课稿）

驿路偶得

学校的每一个日子都很平凡。写点教育日志,写点教育反思,讲些教育故事,并不是为了检验某种已有教育理论,也不是为了构建一种新的教育理论,更不是向别人炫耀自己的所谓"研究成果",只是就事说事,让大家同自己一起体验教育是什么或应该怎么做。

不敢标新立异,也不想人云亦云,我们都在摸索。

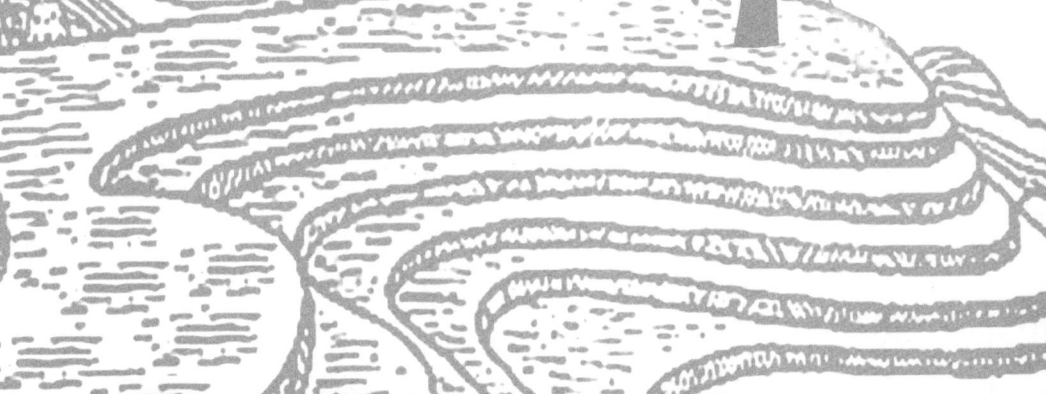

◇ 驿路偶得 ◇

校长应该是热爱学习的模范

校长当以专业发展为要，还是应以管理为本？这个问题讨论了多年，公说公有理，婆说婆有理。

我个人认为，管理学校是校长的"主业"，但这丝毫不影响校长坚持自己学科的专业追求，校长的底色是教师。学校管理者的工作性质不应停留在一个"吆喝型"的管理者身份上，而应该定位为专家性质的引领者身份上。校长不仅要学习自己的专业学科知识，更应该学习现代教育理论和现代教育管理理论。一个不学习的校长如何为教师尤其是青年教师示范？如何引领教师专业成长？

学校教育是"以文化人"，"有什么样的校长就有什么样的学校。"做校长二十年来，我深切地体会到"校长不是官"，校长只是一种职业。在大力提倡教师专业化的今天，校长作为管理者，虽然其专业性的内涵确实比学科教学专业能力更丰富，但作为推动学校教学教研发展的核心力量，校长的学科专业化发展更应该走在前列。

朱永新先生认为，"阅读是教师专业化的根本路径。""教师的专业阅读对于教师的成长具有非常重要的意义。任何学科的教师，如果没有专业阅读的训练，没有相对成熟的专业素养，是难以真正承担起复活之时的重任。"不读、不写的教师是不称职的教师。

校长更应该养成勤读勤写的习惯。当然，"学习"的范畴远不仅仅是指"阅读"和"写作"。

教师要不忘初心

在一个人的成长过程中，如果始终都没有遇到过一名好老师，便是人生最大的不幸；一个教师的职业生涯中，如果从来都没有过一两个精彩的片段，便是一种最大的悲哀。平庸的教师教不出优秀的学生。好教师应该有"三爱"，爱教育，爱学生，爱读书；要具备"三气"，书生气，生活气，书卷气，既能在事业上心无旁骛，又要热爱生活，懂得人间烟火的味道，还要以书为伴，做学生的榜样。

人在一起叫聚会，心在一起才叫团队。在学校这个集体中，团队意识相当重要。因为育人的工作从来都不是一个人的力量所能做好的，大家都能自重自爱，自强不息，办学过程就能充满活力。办学的活动来自人的活力，大家努力了，每个学生就能激发出潜能，每个教师就能有尊严地工作，每个课堂就会生机勃勃。"树树皆秋色，山山唯落晖"，这就是教育的大气象，这就是我们永不忘记的初心。

◇ 驿路偶得 ◇

期末随想

  这个学年毫无悬念地到了画句号的时候。这样的句号对我而言，少说也有三十多个了。周而复始的活儿要干几十年，没有足够的忍性和耐力，没有心头的那盏希望之灯，是很难走过一万多个日日夜夜的。教师这个职业看似平淡无奇，它的后面却也充满了曲曲折折。我们是平凡的人，我们却也渴望出人头地；我们什么苦都吃得下，我们却从没有放弃过对好日子的追求。人的成功，除了个人的禀赋和努力，环境很重要，平台很重要，机遇很重要。成功的范例只可借鉴不可复制，适合别人的在同等条件下未必适合于你，这就是世界的复杂多样性。无论怎样，我们这个年龄的人，再也没有心猿意马的资本了，快到事业终点的时候，爬也要爬出去。做教师，教育情怀必须有。要在这个清贫的岗位上几十年如一日，不用心是绝对不行的。当年一同出发的人，有的半途而废有的捷足先登，无论是哪类，都无可厚非。走捷径的人聪明，他节省了许多时间，走弯路的人睿智，他可以多看几道风景！我们只求无愧于心！

办好学校要考虑多种因素

办好一所学校，校长、教师、学生、家长的因素都不能缺少。校长的作用不能盲目夸大，教师不能被推上神坛，学生的个体差异必须承认，家长的素质举足轻重。

影响人的成长因素大体分为四种：一是遗传、二是家庭、三是教育、四是社会。遗传因素非常关键，它决定人的智力水平。从这个角度讲，能考上清华、北大的学生本来就不全是教师教出来的，而是他妈生的，这样说毫不夸张。如果教师能教出来，为什么不多教几个呢？同在一个班，甚至坐同桌，同样的老师教，为啥他考上了你就没考上？可能你曾经比他还努力。这就是个体差异。心理学研究表明，当我们面对的同样是6岁儿童时，他们的心理年龄可能是3—12岁。理解学生的个体差异是学校科学组织教育活动、有效开展家校共育工作的保障。人群中百分之二的天才，谁都得承认，这是科学不是迷信。学校的教育只是助推了这些天才的成长。这就是那些所谓的名校都热衷于在生源的选择上掐尖取梢的原因所在。所以学生很重要。优秀的教师，优质的教育资源，可以使学生的潜能发挥到极致。但教师毕竟是人不是神。家庭教育比学校教育更为重要，特别是学生的养成教育，家长的一举手一投足，都影响着孩子，家长是孩子的第一任老师。至于校长，对一所学校无疑非常关键，"一个好校长就是一所好学校。"这话对也不对。说它对，是因为校长有格局、有思想、有魄力、有情商，学校就有方向，教师就有主心骨，学校就会生机勃勃。

校长平平庸庸，学校就会死气沉沉。说他不对，是因为再优秀的校长一个人绝对是办不好一所学校的。名学校的校长和名校长从来都不是一个概念。名校，大都有很深的历史积淀和文化渊源，有多年来形成的优良传统。校长可以成就学校，学校也可以成就校长。

最理想的教育，是担当有为的校长，认真负责的老师，通情达理的家长，勤勉努力的学生。四位一体，缺一不可。当下由于多方面的原因，在学生的教育管理中出现了一个怪圈，那就是家长不愿管，老师不敢管，社会上无人管。这是教育的悲哀。其实无论是学校教育还是家庭教育，教育学生的目标是完全一致的。班级的每一个学生都是一个家庭的全部世界。一个优秀的孩子，其背后的家庭，一定充满尊重、书香与爱，父母不说博古通今，但一定通情达理。同样，一个问题学生，他们的家庭无疑有这样那样的欠缺，他们的物质和精神世界里肯定是各有各的不幸。老师要责无旁贷地关爱每一个学生，家长更应该全方位理解老师，要支持老师的工作。有关部门要配合学校做好舆论宣传，并制定相关规则细则，让老师和学生都有充分保障，让家长放心地把孩子交给真心负责的老师。搞好家校合作，要教育引导家长发挥好孩子人生第一任老师的作用。正确理解教育，充分信任学校、真心支持老师，让孩子快乐学习，健康成长。

办教育，必须遵循两个规律，一是教育规律，一是学生身心发展规律。任何形式的创新都要在继承的基础上进行。在不变中求变，才是经营一所学校永恒的话题。

要提高教师的幸福指数

"一切为了学生，为了学生一切，为了一切学生。"这话不知是谁发明的，但竖立在任何学校的门庭上方，都绝对没有问题。它是很好的大实话。30多年的教育实践中，我越来越觉得它后边至少还要加上一句"一切为了教师"。一所让教师没有归属感、没有幸福感的学校，从办教育的角度看，它其实就不是合格的学校。

人的一切追求都是对幸福的追求。现实生活中，教师职业的潜在幸福价值在实践中并没有充分地转化为现实。相当一部分教师没有感受到多少快乐和幸福，教师职业的劳心劳力、社会地位、劳动报酬确实很难让人轻言幸福。

当然，影响教师幸福感的因素是多方面的。有社会方面的，有个人自身方面的，有职业本身方面的，有学校方面的，不一而足。作为校长，要在力所能及的条件下，让教师在职业生涯中体会幸福和快乐。只有幸福的教师才能保证学生的幸福；只有幸福的教师才能带来教育的创造；只有幸福的教师才能保证和谐的校园。

愁眉苦脸的教师，怎能培养出阳光灿烂的学生？

◇ 驿路偶得 ◇

不能轻视教师的"讲"

近年来课堂教学改革的势头十分强劲，其核心是"突出学生的主体地位"，"把课堂还给学生"，这一主导思想本来无可厚非。但是在具体的课改实践中，许多学校却走了极端，有的甚至出现了"要把教师赶下讲台"的呼声。某些"专家"一提起教师的讲，就立马想到了"满堂灌"，其实这根本就不是一个概念。

前年在教育部举办的中学校长培训班上听上海的一个专家讲课。他说他反对不要教师讲的做法，学生能自学会的教师可以不讲，自学不会的教师必须要讲。下课后，我找他谈了我的观点。我说，"张教授，对你的观点我不敢完全苟同。"他说，你说说看。我说，"学生自己学不会的教师肯定要讲，有些能学会的教师也要讲。这如同看戏一样，剧本，大凡识字的人都能看懂，我们为什么不看剧本而要选择看戏呢？而且同一个剧目换个剧团就想看一次，每多看一次就有不一样的收获。这说明自己学懂的和听别人讲懂的效果大不一样。教学过程既是知识传授的过程，也是师生情感交流的过程。优秀的教师用他渊博的知识，高超的讲课技巧，丰富的肢体语言，把一节课可以讲到让学生终生难忘，听他们讲课，真正是一种享受！学生自学能有这种效果吗？"张教授说："你的观点很有道理！"

关于教学中教师和学生的关系问题，《学记》早有过精辟的论述："故君子之教，喻也；道而弗牵，强而弗抑，开而弗达。道而弗牵则和，强而弗

抑则易，开而弗达则思。和易以思，可谓善喻点。"意思是说要引导学生而不要牵着学生走，要严格管理学生而不要压抑他们，要指导学生学习门径，而不是代替学生作出结论。引而弗牵，师生关系才能融洽、亲切；强而弗抑，学生学习才会感到容易；开而弗达，学生才会真正开动脑筋思考。做到这些就可以说得上是善于诱导了。启发教学思想的精髓就是发挥教师的主导作用、诱导作用，教师向来被看作"传道、授业、解惑"的"师者"，处于主导地位。这种教学思想注定了双基教学中的教师的主导地位和启发性特征。

几十年前我们上小学，上中学，用今天的眼光看，那应该是一个正宗的"满堂灌"时代。可我们仔细回味，倒觉得事实并非如此。像当时一些优秀的老师，一些精彩的课堂，以后这多年来似乎再也没有见到过。

这说明了什么呢？

职业的困惑

教书34年，当校长20年，我从来就不相信学生的自学能把教师的教取代了。我也从来不相信有那么一种教学模式对所有教师、所有学生、所有学科都完全适合。中国的基础教育若走进了死胡同，责任就在那些有思有想而没思想的"教育家"及急功近利一夜想成为教育家的人。现在一些教师根本静不下心来做教育。他们很辛苦，不光要学会上课，有时还要学会演戏！

办教育需要一颗朴素的心。教育是"农业"，是"慢活儿"，它有自身的规律。教育者要有职业理想，但不能好高骛远。内心浮躁、盲目跟风，是教育最大的不幸。

也说"模式"

"回归课堂"是一切教育改革无法回避的选择。这是因为学校教育活动的主阵地在课堂。一切教育改革最终是通过不同的方法和途径改变教师的"教"和学生的"学",采取不同措施干预、影响学生发展的环境实现的。

自从有了课堂,就面临着不断创新课堂的现实需要。世界上没有两堂完全相同的课,课堂中的学生、教学内容、教学手段与方法、教师、人际关系都是处于动态变化之中的。

课堂教学是在一定的教育思想和教育理念的指导下,教师与学生双边活动的过程。曾经让我们膜拜的"桌子搬到一起,学生坐成一堆"的"杜郎口"模式,它的理论支撑就是"人本主义教学理论"和"建构主义教学理论"。前者以罗杰斯的"以学习者为中心"的学说为代表,它主张学生要充分发挥自己的潜在能力,能够愉快地、创造性地学习。它强调学生学习的主体性,有利于培养学生的独立性、自主性和创造精神;重视学习中的情感因素,主张情意教学,有利于学生身心的发展。这种理论有随意性、臆想性的倾向。忽视了受动性的一面,容易导致教学中的放任主义。"建构主义理论"的鼻祖是瑞士心理学家皮亚杰。这个学派认为,对学习者而言,知识不是"习得"的,而是建构的,它存在于心理而不是外部世界中。他们认为,反思是学习的关键成分。建构主义者试图把知识建构性和生成性、学习的情境性和社会性、学习的自主性、教师的主导性等特征统一起来。建构主义也有其明显的不足之处，它过于强调知识的主观性和生成性，因而相对地对于教授式教学和接受学习的拒斥态度也有失偏颇。

教学模式是对教育活动中的有效经验的概括和升华。教师对教学模式的运用不能简单套用，而应该结合教学内容、学生情况和个人的教学风格。

试图用一种教学模式去指导各种不同的教学活动是很难取得成功的。世界上根本就没有哪种教学模式能适合于所有学科、所有教师、所有学生。

近年来，众多的"模式"害苦了教师。有些教师本来还有自己的教学风格，为了迎合潮流，刻意"入模"，最后竟然是"邯郸学步"了。自己教起来得心应手，学生学起来兴味盎然，又能很好地完成教学任务，这种模式就是最好的。古人都知道"教无定法"，我们为什么要画地为牢呢？

教课要善于抓住学生"兴奋点"

有笑、有空、有声，是全国优秀教师马莉语文课堂的三个"关键词"。所谓"有笑"，就是每节课要有笑声，"我会简练我的语言，幽默我的语言，幽默成了我语文课的特色，这种情况下很少有人会打瞌睡。""有空"是指不能就课文讲课文，就题目讲题目，而要"留白、拓展"。更可贵的是"有声"，要让学生充分发声，"这对语文课很重要。"

我们通常说的教师上课要"以本为本"，并不是要求双手不能离开书本，而是说要紧扣教材上的重点难点去设计教学过程。这个过程中就要预留知识拓展的空间。只要教师认真研究教材，围绕主题，适度延伸，合理拓展，并运用精当的语言，精湛的教学艺术，每堂课都有能引起学生兴奋的知识点。

兴趣是最好的教学资源。芦梭说："教育的艺术是使学生喜欢你所教的东西。"无数研究表明，学生对感兴趣的内容，一定会认真倾听，因此教师要善于把握学生注意力和兴奋点，通过各种方式让学生对教学的重点、难点、关键点感兴趣。学生的主动倾听就会自然而然地发生了。

教师要善于抓住可能触动学生心灵的那一刻，开展教育活动的那一刻，不需要太多的语言，不需要繁复的形式，就能直达学生的内心深处，让学生发生震撼，让学生顿悟。

要使自己的教学行为趋于完美

许多专家都在谈高效课堂。提高课堂教学的有效性，是当前教育改革的一个焦点命题。

改革课堂，提高课堂教学有效性，可以从课堂教学中某一个细微环节入手，让一节课在原有基础上增值。在指导学生学习行为改进的过程中，教师的行为会在不知不觉中发生变化，以适应不断改善中的学生行为。而教师对自己教学行为自觉、主动地优化，对学生的行为具有积极的示范作用，有利于学生学习行为的不断改善。

教学行为一般都带有鲜明的个性色彩，把教学看作是一门艺术的观点正是认可这一点。富有艺术性的教学行为主要表现在能够顺应学情，灵活应变，

创造性地运用各种教学方法和手段，而不是僵化机械地进行；能够充分挖掘教学中的艺术因素，不仅讲的明确，而且说得动人；不仅写的正确，而且书的漂亮；不仅是教学时、空、人、物组织合理，而且注重师生双方的心理协调的情感沟通，气氛和谐，达到审美化的教学境界。

做平民教育

我们的学校是在城乡接合部逐渐发展壮大起来的。它的主要生源是留守儿童和进城务工人员子女。根据连续近10年的统计，城市户口的学生不足全校学生的十分之一。

几年前，我们从校情出发，提出了要"办好百姓学校，做强平民教育"，并以此作为学校的办学宗旨。

平民教育是中国教育的一个优秀传统。从春秋时期孔子"有教无类"的思想实践，到20世纪二三十年代晏阳初的《平民教育真义》及"新文化运动"，再到陶行知的《平民教育概论》，他们都是平民教育的伟大倡导者和践行者。

平民教育就是面对大众的教育，是为普通老百姓服务的教育。但是，平民教育绝不是单纯的农民教育或贫民教育。平民教育不仅是为平民的教育，也应该是培养平民意识和平民情怀的教育。平民教育并不是培养平民，它所培养的是具有民主思想和创造精神，以一技之长自食其力和服务社会的合格公民，培养的更是善良的、正直的、富有智慧的、体格强健的公民，同时也是为了让每个孩子在不同程度上都得到发展,让每一个学生的潜能得到最大的开发。

我们的学生大部分都来自普通家庭,甚至是处在社会最底层的家庭,他们是未来社会稳定的基础,因此,提高他们的整体素质,成为我们义不容辞的责任。

要重视学校环境建设

近几年,我们在改善学校环境方面,花了很大的气力。一所学校,不论办学质量如何,作为"门面"的环境,在学校整体形象中的分量历来都是举足轻重的。

学校环境的优劣,直接影响着学校师生员工的工作效率和情绪。优化学校环境,为师生员工提供良好的教育氛围,是学校重视师生员工的需要,也是激励其工作积极性的重要手段。

学校是师生员工工作、学习的场所。舒适优雅、空气清新的校园,可以安定情绪、启迪思想,陶冶情操。有时这种环境的象征意义可以使生活在其中的人产生一种特殊的优越感与自豪感。

其实,校园环境就是学校文化的重要组成部分,它属于"显性文化"。因此以改善学校环境作为学校文化建设的突破口已成为许多学校常见的做法。

我个人认为,在校园环境的建设上,学校可以从校情出发,不拘一格,各显其能。但是必须避免以下四方面的问题。一是崇尚时髦,盲从追风;二是囫囵吞枣,过高嫁接;三是"千校一面,万人一语";四是神乎其神,落入玄套。

环境建设要新颖、要大方、要有文化内涵。更重要的是要结合学校实际、学生年龄特点等，要彰显办学思想和学校特色。

环境要对人能发挥潜移默化，润物无声的作用，就要有通俗的特点。有的学校校园里，校训校规全来自儒家经典，到处是先贤名句，"之乎者也"，其中的字词即使老师也未必一眼能看得懂，小学生、初中生就只能望之兴叹。有些学校的文化墙，每次去参观，校方总得派专人反复解读，言者滔滔不绝，听者一头雾水。到处是伏笔，到处是意象，似有牵强附会之嫌。顾明远先生认为，学校的环境文化建设要以人为本，特别是要以学生为本，体现学校的主流文化。也就是环境文化应该是学校精神文化的载体。一个学校环境文化的个性，应该是学校精神文化的校本阐释与诗意的表达。环境文化建设的标准是"让师生感到舒适、多样、整洁、欢快，愿意在这样的环境中学习、生活"。要让学校的一草一木都有教育意义。

我们的校园，在刚进校门的右侧草坪上有"跪乳羔羊"雕塑，旁边有"感恩石"；前院大花园里有一块长5.6米，高2.3米的大石头，上面刻有红色大字"唤醒、陪伴、引领"，这是对教育本质的表述。石头坐落在草坪中的黑色大理石底座上，前边有丁香、紫荆和月季，后边有竹子和雪松，造型简单，寓意一目了然。后院办公楼、艺术楼前的花园里，绿色的草坪，红色的廊亭，作为点缀的花树，还有草坪四角的景观灯上那耳熟能详的古诗，都散发着浓浓的文化气息。

学校环境建设不能太过直白，适度的含蓄是必要的，但也不能写成一首受众极少的朦胧诗。

◇ 驿路偶得 ◇

新时期学校教育的几处"硬伤"

随着城市化进程的进一步加快，农村的"空壳"学校越来越多，大量校舍闲置，资源浪费。城区的学校人满为患，校舍紧张，师资短缺，加之优秀传统教育越来越空洞，诱发了许多社会问题，有些已成为基础教育阶段的一处处"硬伤"。

一是学生离生活越来越远。几十年前，我们上小学时，学生"以学为主，兼学别样，既不但学文，也要学工、学农、学军，也要批判资产阶级"。当年老师带领我们批判那种"四体不勤、五谷不分"的学生，是分不清麦苗和韭菜的教育制度。那么今天即使城区最好的学校，他们培养的学生能识别庄稼的又有几人呢？说花生是树上结的，鸡蛋是超市买来的大有人在。尽管有些学校强调他们社会实践课多么的有声有色，能定期组织学生到田间地头认庄稼，体验劳动过程。这些活动激发学生一时的兴趣也许还很能奏效，可从本质上讲，其作用是微乎其微的。

二是学生体质越来越差。现在的学生，很少有主动帮助父母干家务活的，至于简单的劳动就更无从谈起了。有时在学校的卫生大扫除活动中，我们会发现大量的学生扫院拖地的动作极不规范。正是长身体的时候，却已弱不禁风了。一次军训，就有人能晕过去；较长时间的站立，也能摔倒几个。基本的生存能力都有了危机，学校却带着他们去形形色色的"拓展训练基地"去镀金，花了钱，就能有一个强健的体魄了吗？现在从幼儿园到大学，几乎没有人

不会上网，但却很少有人会上树了。

　　三是学生对"孝道""感恩"等概念越来越陌生。现在的学生，大多生活条件都很优越，至少应该是衣食无忧了。他们觉得父母辛劳，自己安逸都是天经地义的。浪费粮食、盲目消费、缺乏孝心已成常态。有报道曾说，南方某学校为教育学生，培养他们孝敬父母之心，组织学生在操场上集体为父母洗脚，这一做法引来了极大的争议。无论怎样，孩子给父母洗脚无可厚非，应大力提倡。可问题的关键是"心悦诚服"地洗还是为完一次什么任务去洗？是一时兴起，还是骨子里对自己的这次"孝行"认同了呢？学校的教育是"立德树人"，如果"作秀"的成分太多，恰恰会适得其反。

教育应在不变中求变

　　古人云："圣人常顺时而动，智者必因机而发。"时常顺应时代而改变自身，并利用时机而采取行动，是成功的基础。

　　中国基础教育的改革由来已久，近年来，一些新的观念、理念、方法、模式等呈"百花齐放"的态势。理性地观察，就会发现有鱼龙混杂的现象。办教育，不能心浮气躁，培养学生不能"批量生产"，教育是慢活儿，有它自身的规律。尊重个性，因材施教，循序渐进是基本的方法。在学校教育中，任何形式的标新立异，推倒重来的想法和做法，都是教育的大忌。

　　教育必须与时俱进，根据时代、社会的需求不断作出调整。"变"是教育的必然。但变化不是凭空而来，而是继承教育稳定的物质基础上的变化、发展。不变是继承精华，变化是去其糟粕。

如今，许多学校都想独树一帜，有些校长、教师也想在很短的时间内形成自己的思想，使得教育教学工作有了一些"刻意求变"的影子，这值得引起我们注意。

办教育，必须遵循两个规律，一是教育规律，一是学生身心发展规律。任何形式的创新都要在继承的基础上进行。在不变中求变，才是经营一所学校永恒的话题。

接地气的才真实亲切

我从没写过校歌，看了当地其他一些学校的，大同小异，地域特色催生的优越感和自豪感溢于言表。不是"巍巍子午岭"就是"滔滔马莲河"，要么再就是黄河古象，南梁烽火等等，都是大实话，大好话，无可厚非。但放在学校作为校歌，我感觉不仅头太重，而且大而空。学校的气氛应该轻松欢快，有点诗情画意，还要彰显学校文化特点。我从一个季节入手，着眼校园里的丁香花，从老师和学生两方面写的，由于文字数所限，抒情叙事很潦草！

我们从五月走来

丁香花悠悠绽放，
校园里弥漫着紫色的芬芳。

我们从五月的阳光里走来，
青春放歌，书香在和风里荡漾。
百灵鸟自由飞翔，
红领巾怀揣着美丽的梦想。
我们从四季的风雨里走来，
学海扬帆，人生从这里启航。
三尺讲台，书写华章，
作业本上留下微笑的目光。
纸上城邦，遨游课堂。
百花园里，茁壮祖国的栋梁。

书的境遇

如今，图书馆、阅览室门可罗雀，火锅店、酒吧的墙面上却到处是书架，那些"书模特"真是《百年孤独》。看书的人越来越少，用书装点门面的人越来越多，这是一个时代的悲哀！

◇ 驿路偶得 ◇

埋头苦干不会过时

  在距离建校三十周年系列活动的脚步越来越近的日子里，我每天都被感动着。总有人把加班变成了常态。他们或老或少，或男或女，把学校的事装在心里，把自己的工作拿在手上，他们吃饭没有固定的时间，作息没有固定的规律，他们只有一个想法，就是咬紧牙，铆足劲，把学校安排的活干好。他们只有一个愿望，就是把校庆活动组织好，让学校出彩，让北校人到时赚足面子！他们不计报酬，不讲条件，他们唯一的缺憾就是一昼夜二十四小时太少！这使我想起了十多年前人们的那种工作状态。久违了，校园里那一个个加班的身影！

  鲁迅先生在《最先与最后》中说："优胜者固然可敬，但那虽然落后而仍非跑至终点不止的竞技者，和见了这样的竞技者而肃然不笑的看客，乃正是中国将来的脊梁"。任何一个单位的发展和壮大，都必须要有一批思想和行动上的先锋和不计较个人得失、无怨无悔的奉献者。他们才是单位的脊梁，他们才是教育事业的希望所在。

一路走来

昨夜无眠。不是因为到了周末，而是我想到了它的明天。今天是9月28号，八年前的今天，我来北校任职。四十几岁，对一个男人来说，虽不是风华正茂，但也可以称得上是有资本任性的年龄。八年时间，中国人传统观念上一个抗战的周期，不容易啊！这其中有过许多纠结，也有过不少的欣慰；有过捶胸顿足，也有过扬眉吐气。我仔细想来，八年来，大家真好！学校基础薄弱，可我们没有懈怠。今天，变化是有目共睹的。回望校园里早晨阳光下的廊亭和被秋风染红了的枫叶，我思绪万千。我们永远都不敢懈怠，我们还有太多太多不如意之处，我们也从来没有奢望过事事如意，因为我深知，事事如意的人会在永恒的幸福中感到寂寞！

教师要有角色意识

教学是一门艺术，会教的人讲得轻松，别人听着舒服，不会教的人从头到尾都是说教，抓不住学生的心，也就驾驭不了课堂。听风趣幽默的人聊天也是一种享受，听优秀的教师上课就是一场听觉和视觉的盛宴。

◇ 驿路偶得 ◇

教师的形象是学生的标杆，我们的一举手一投足学生都在关注。环境优美的校园里同样需要风度翩翩、谈吐文雅的教师。进入角色，是当好教师的前提。

对一个人来说，高雅，不是名分装扮出来的，是心气的结晶；气质，不是地位随之而有的，是胸怀的外衣；魅力，不是权财堆砌出来的，是才能的内涵；淡定，不是表面伪装出来的，是丰富的阅历积淀。

优于别人，并不高贵，真正的高贵是优于过去的自己。我们要用实际行动使自己、使我们的学校每天都有进步。

教师应该有"读"和"写"的习惯

教师是"文化人"，是离书最近、与书关系最为密切的人群之一。教师的职业是"以文化人"，是"立德树人"。教育对象又是活生生的人，作为施教者的教师，其在学生心目中就应该是知识的化身，智慧的代言人。所以教师的形象应该是鲜活的、常新的。朱永新先生认为，教师通过阅读，可以"让自己的精神世界更加丰富，让自己脱离庸俗"。一个不想庸俗的教师，必须热爱读书。即使在信息化高度发达的今天，读书仍然不失为获取知识的重要途径，而且是教师专业素养提升的根本保证。由此看来博览群书，首先是教师职业特点使然。王夫之说："夫读书将以何为哉？辨其大义，以修己治人之体也，察其微言，以善精义入神之用也。"这句话的大意是，读书要领会精神实质，以确立修己治人的本体；观察隐微精义的言论，以达到善于精通事理，融会贯

通，运用自如的境界，将获取的知识经验付诸实践中。教师不但要读书，而且要会读书，要能悟出真谛，要善于举一反三，解决实际问题。如果仅仅是触及皮毛，不求甚解，那就只能做个新名词新术语的搬运工。教育要远离喧嚣，读书能让人获取一份宁静。宁静是一种生命力，是一种生活姿态，是一种寻找自我的方式，它来自我们对平静、疏淡、俭朴生活的追求和热爱。小桥流水，空谷幽兰、大漠孤烟、白雪翩翩都是静的，因为静，有了韵致；因为静，有了风骨；因为静，有了诗香娟然；也因为静，有了灵魂的芬芳馥郁。这是一种"腹有诗书气自华"的境界。

"写"与"读"同样重要，而且互为条件。教师每天都离不开"写"。小到课堂感悟、课后反思、班级管理日志、学期总结等教育随笔，大到教材教法探讨、教育教学理论研究等专业论文，或者著书立说，无不与"写"有着密切的关系。我们经常通过各种方式聆听专家的报告，发现他们的许多做法都"似曾相识"，细细想来，我们的差距就在于没有归纳总结，没有用文字提炼表达。这一方面是没有养成习惯，另一方面总是觉得"力不从心"。

为什么有的人写起来行云流水，一蹴而就，有的人却思维枯竭，无从下手？国学大师季羡林老先生仙逝之前，曾居住在北大的朗润园，有位租住在附近的北大学子是他的山东小老乡，常来和他聊天。

因为熟悉的乡音，季老先生常和他谈论学问、说些家乡事，临毕业前由于要准备论文，小伙子便不常去先生那里了。

当时季老先生年事已高，往来的朋友不多，更是难得遇上个谈得来的年轻人，许久没见年轻人他便前去探望情况。

季老先生问小老乡最近在忙什么，小老乡说自己在"憋"论文。

季老先生像听到一个经典的笑话一样，爽朗地笑了许久。之后说："我的傻老乡呦，论文哪里是'憋'出来的。"

小老乡不解地问:"那先生说论文得怎么出来?"

季老先生说:"水喝多了,尿就有了!"

话丑理端,季老先生一语点醒梦中人。平时不读书积累,临时抱佛脚就没有多大的意义。

没有日积月累的输入哪有源源不绝的输出,没有学富五车哪有满腹经纶?"读书破万卷,下笔如有神"说的就是这个道理。

当然教师的读和写,绝不是仅限于自己的专业及教育科学的范畴,文学作品亦无不可。我们不是作家,不是诗人,可我们不能没有浪漫的情趣和诗意的生活。我们到不了先贤"立德立功立言"三不朽的境界,可我们完全可以率性而为,通过书写,留下自己生命的痕迹。

读着读着脑就不空洞了,写着写着手就不生疏了。不读不写的教师是不称职的教师。教书对他而言,充其量只能算是一个职业而不是一种事业。

学校管理也要研究"五种效应"

一要熟知"马太效应",创办有活力的学校。我们的学校已有31年的办学历史,由于众所周知的原因,"薄弱校"是贴在我们脸上已经固化了的标签。大众心理上的这种思维定式,使我们每前进一步都倍感吃力,为什么呢?

在《新约·马太福音》中有一个故事:一个国王远行,给三个仆人每人一锭银子,吩咐他们用这银子做生意。国王远行回来,几个仆人前来汇报。第一个仆人说:"主人,我已经用这锭银子赚了十锭。"主人因此奖励他十座城

邑。第二个仆人说："我赚了五锭银子。"主人奖励了他五座城邑。第三个仆人说："您给我的一锭银子，我怕丢失，一直用手绢包着没敢拿出来。"于是国王命令将第三个仆人的那锭银子赏给了第一个仆人。并且说："凡是少的，就连他所有的也要夺过来，凡是多的，还要给他，让他多多益善。"故事的寓意清楚明了：让富有的更加富有，让贫穷的更加贫穷。中国民间有一句俗语："越肥越添膘，越瘦越长毛"也是这个意思。

20世纪60年代，著名社会学家罗伯特·莫顿首次将这种现象归纳为"马太效应"。人们才恍然大悟：这个故事包含了一个重要的事物运动规律。任何个体、群体或地区，一旦在某一方面（如金钱、名誉、地位等）获得成功和进步，就会产生一种优势积累，就有更多的机会取得更大的进步和成功。并且当优势积累到一定程度，就会产生赢家通吃的现象。

名校风生水起，除了自己多年坚持不懈的努力，学校运营已进入良性循环外，"好名声"无疑是一种不可或缺的软实力。我们步履维艰，先天不足成了发展的瓶颈。学校和人一样，内涵不能少，形象也很重要。今年以来，我们在教育教学管理，特别是氛围营造上，势头很好。七年级的精细化管理，九年级的励志教育，为全校学风班风的正向发展，起了很好的示范引领作用。如果所有人都有了目标，有了动力，我们就办成了有活力的学校。有活力的学校，学生朝气蓬勃、昂扬向上、全面发展，成绩的提高，质量的上升就有了内生动力；缺乏活力的学校，单调、乏味、沉闷、重负等特征如影随形，育人成效大打折扣。如果我们能天天进步、学生满意、家长认可，学校声誉就会逐步好转。

二要利用"罗森塔尔效应"，培养有爱心的教师。教育首先是人的精神成长，是求真、向善、尚美领域获得相应发展。古人崇尚"有教无类"，今天从国家层面上又主张教育公平。学生能否成才，除了个人禀赋、家庭条件、社会环境外，教师是至关重要的因素。

1968年的一天，美国心理学家罗森塔尔和L.雅各布森来到一所小学，说要进行7项实验。他们从一至六年级各选了3个班，对这18个班的学生进行了"未来发展趋势测验"。之后，罗森塔尔以赞许的口吻将一份"最有发展前途者"的名单交给了校长和相关老师，并叮嘱他们务必要保密，以免影响实验的正确性。其实，罗森塔尔撒了一个"权威性谎言"，因为名单上的学生是随便挑选出来的。8个月后，罗森塔尔和助手们对那18个班级的学生进行复试，结果奇迹出现了：凡是上了名单的学生，个个成绩有了较大的进步，且性格活泼开朗，自信心强，求知欲旺盛，更乐于和别人打交道。

罗森塔尔效应告诉我们，对一个人传递积极期望，就会使他进步得更快，发展得更好。反之，向一个人传递消极的期望会使人自暴自弃，放弃努力。教师对学生的态度是一种巨大的能量，能够改变学生的一生。

我们的生源复杂，进城务工人员子女和留守儿童居多，家庭教育是个短板，这给学校的教学管理工作带来了诸多的麻烦。我们办的是百姓学校，我们必须正视现实。我们要用足够的爱心去关注每一个学生，对他们始终怀有积极的期待。既要重视优等生，更要关注学困生，绝不厚此薄彼。全体教师都要有静待花开的耐心。在班级管理工作中，科学谋划，精心组织，发挥学生的自主作用，鼓励学生用自己的聪明才智参与班级管理。当班级管理成为学生自己的事，学生们开始在集体中找到自己的位置，感受到自己的利益和责任时，就连一些平时不爱学习或是经常惹事的学生也开始找到集体存在感。这就使得班级学生心中有目标、有动力，人人有责任、个个担担子，班级内就会形成一种人人平等、人人有责，相互合作、相互竞争，相互促进、相互交融、荣辱与共的良好机制。

三要用好"鲶鱼效应"，锻造充满正能量的团队。教师的团队水平决定

守望心田

着学校的发展高度。目前我校教师队伍十分庞大，其结构良莠不齐。我们的教学质量一直在艰难地爬坡，经过认真研判分析，发现"教"上出了很大的问题。小学部有一个年级的一门课程，整体为中下水平，任课教师半斤八两，没有一个可以做领头羊。大家都相安无事，四平八稳，三科合格率就栽到这一门课上。初中部同一个班级，不同的课程，成绩天上地下，同一个年级同一门课程，成绩差距太大，个别课程，成绩年年垫底。综合考量，是因为我们缺教坛新秀，缺教学能手，缺学科带头人，缺教学名师。这些问题久拖不决，就会形成可怕的群体惰性。

挪威人爱吃沙丁鱼，尤其是活鱼，挪威人在海上捕得沙丁鱼后，如果能让它们活着抵港，卖价就会比死鱼高好几倍。但是，由于沙丁鱼生性懒惰，不爱运动，返航的路途又很长，因此捕捞到的沙丁鱼往往一回到码头就死了，即使有些活的，也是奄奄一息。只有一位渔民的沙丁鱼总是活的，而且很生猛，所以他赚的钱就比别人的多。该渔民严守成功秘密，直到他死后，人们才打开他的鱼槽，发现只不过是多了一条鲶鱼。原来鲶鱼以鱼为主要食物，装入鱼槽后，由于环境陌生，就会四处游动，而沙丁鱼发现这一异己分子后，也会紧张起来，加速游动，如此一来，沙丁鱼便活着回到港口，这就是所谓的"鲶鱼效应"。运用这一效应，通过个体的"中途介入"，对群体起到激励作用，它符合人才管理的运行机制。

本学年来，我们的教师队伍补充了新鲜血液，新来的同志中，有些相当优秀，使原来的专业组焕发出新的生机。初中部有两门课程，中考后我们发现成绩统计表上新来的同志几乎无一例外地走到了前边。最近根据全区统一安排，我校还将陆续引进、招录25名年轻教师，进一步激活教师潜力，壮大师资力量。我们引进的"鲶鱼"，尽管不是为了吃掉"沙丁鱼"，但"沙丁鱼"难道还能继续无动于衷吗？

教师最大的师德就是上好每一节课。说一千道一万，课堂教学搞不好，无论怎么花样翻新都毫无意义。几十年的教学工作实践表明，激发学生主动学习热情，是教好课的关键所在。全体教师要增强学习的积极性和主动性，提高自身专业素养。要研究教材、研究学生、创新教法。展现教材魅力，增加知识趣味性，让课堂活起来；创设问题情景，给学生留下思考的空间，让学生动起来；科学合理拓展，明晰训练主线，让"内化"多起来。

　　四要重视"蝴蝶效应"，牢记"抓细节"这个永恒话题。教育从来都不是小事，学校从来都没有大事。可琐碎的事一开始得不到重视，有时就会出现大问题。20世纪70年代，美国一个名叫洛伦兹的气象学家在解释空气系统理论时说，亚马孙雨林一只蝴蝶的翅膀偶尔振动，也许两周后就会引起美国得克萨斯州的一场龙卷风。 蝴蝶效应是说，初始条件十分微小的变化经过不断放大，对其未来状态会造成极其巨大的差别。育人工作是百年大计，起点上的一些细节与终点上的结果有着千丝万缕的联系。学校领导的引领作用，都反映在点点滴滴，特别是其学识、能力、人格魅力等非权力影响力，对全体教师都有一种无形的感召作用。领导走偏了，教师就会无所适从，校风变坏是迟早的事；教师的率先垂范也要从小事做起，其身正，不令则行，其身不正，虽令不行。教师很小的一个不良习惯，极有可能让学生耳濡目染，甚至在若干年以后还受其影响；学生的养成教育也需要从细小处抓起，课堂教学更不能忽视细节，知识的积累最忌讳贪大求全……小事必须引起我们的高度重视。在学生的成长过程中，我们要时刻关注发生在他们身上及周围环境中的一切细小变化，主动干预，正向引导，使其健康成长，为其将来成人成才提早储备积极的能量。

　　五要研究"木桶效应"，营造学生接受教育的公平环境。 一只木桶能装下多少水，完全取决于最短的那一块板，这就是木桶效应。木桶效应常被用来

寓意一个短处对于一个组织或者一个人的影响,其在很多领域都有广泛的运用。因此,我们应该积极地思考自己的短板,并加以弥补。一个班级几十名学生,毫无疑问,他们有明显的个体差异,要补齐那些"短板",教育公平最为关键。科任老师要平等尊重每个学生,在课堂上为他们提供平等机会,在课上课下要给予弱势学生"补偿性教育",并能根据个体差异开展"差异性教育"。课堂上的公平教育是最接地气,对学生最直接的教育公平。多年的教育实践表明,学生的心灵是纯净而敏感的,对老师的知识点讲得对不对可能没有判断力,但是他们对老师是否公平往往能精准判断,甚至会刻骨铭心。

总之,我们的课堂,最终要关注全体学生的收获。我们的教育,关键是唤醒那些无精打采的生命。

校长其实也很难

秋雨绵绵,我还是没有停下匆忙的脚步。其实我的几位同事有时比我更忙。暑假已到了尽头,而这个暑假似乎与我们没有多大关系——教育扶贫,寻找辍学学生。而个别家长认为我们多管闲事:"孩子念不念书与你们有啥关系?"可我们必须动员他们返校,即使一时半会儿回不来,也得签个复学协议,否则我们是交不了差的。"清零冲刺"是立了军令状的。接受义务教育一个也不能少。我们见证了董志塬三伏天酷热的威力。

小学一年级招生,催生了内心那没完没了的纠结。先招常住人口,时隔一周再招辖区内流动人口。我们提出"办百姓学校,做平民教育"是有理由的。30年前诞生在城乡接合部的学校，它有骨子里的先天不足。生源以留守儿童和进城务工人员子女居多，在择校的洪流中，老城区那些名校在承受着学位供不应求的压力的同时，不可名状的满足和自豪彰显着教育人稍纵即逝的优越感。我们是薄弱校，名校勇立潮头的时候，我们连浪花都不是，我们只是浪花裹挟着的一个个不起眼的泡沫。尽管多年前有过吃不饱的经历，可如今随着进城务工人员与日俱增，也是生源爆满。早上六点多进校门的时候，教学楼前已排起了长长的双队，其中那两个拄着拐杖的家长形象永远定格在了我的脑海里。门卫说，他们是前一天晚上七点就来排队的。听说我是校长，他们疲惫的眼神瞬间便有了几分光亮，嘴角蠕动着，却没说什么，这一切我都懂，期盼，担心，一样不差。他们想从我这里获取一句承诺，去慰藉悬了一季、熬了一宿的忐忑不安的心。他们非常清楚，他们没有足够的条件与实力把自己的孩子送进名校，他们唯一的希望就在这凭气力和耐力向前越挪越短的队伍里。

我没办法给他们承诺，只在朋友圈里发了句感慨：愿排队的都没白排。

我和现场工作人员，能做到的还有无休止的重复一遍又一遍的解释。

我的手机这几天使用频率极高，不停接电话，不停看信息，内容大同小异。回信息时，编写的内容左下角有个红圈圈，红圈圈里有个感叹号。接着右下角提示：发送失败。打电话时才知道欠费了。早上交了一百，下午还打不出去，细看还欠九毛八。再交一百，才很快开通了。我的手机第一次进入了深度欠费状态。

要对自己充满积极的期待

一个人一个团队确立的目标越高，发展的动力就越强大，别人对你的期望值越高，你成功的可能性就越大。

美国心理学家罗森塔尔与雅各布森曾做的一项研究表明：假如老师对学生的期望加强，学生的表现也会相对加强，这就是"罗森塔尔效应"，人在被赋予更高期望以后，他们会表现得更好的一种现象。

还有一个例子，在希腊神话故事里面，有一位名为皮格马利翁的雕刻家，他爱上了自己用象牙雕刻出来的女神雕像，由于他每天对着雕像说话，最后那座女神雕像变成了一位真女神。

这种观点认为：内心常带着正面期待的人将会成功，内心带着负面情绪的人将会失败。这就是"皮格马利翁效应"，它是自我应验预言发展。

名校的教师为什么压力大？其实这种压力是自加的，社会关注度高，人们的期望值大，必须步步小心、时时在意，稍有不慎，就觉得与身份不符。

我们的定位是什么？我们希望自己成为哪一种教师？我们的所作所为，正在促使自己向着哪个方向发展？在我们的心目中，如果北校被定位成一个正在脱胎换骨、蒸蒸日上的九年一贯制学校，我们就会争着抢着使自己跻身于教学名师、学科带头人、教学能手、教坛新秀的行列，每天的日子会让我们感觉都是新的，苦并快乐着就是我们的生活常态。相反我们如果整天觉得自己处在一个垃圾学校，没有文化信仰，没有价值追求，家长愚不可及，学生朽木不可雕也，那我们就会抱着混日子的思想，做一个终生都不可能有多大出息的教书匠。

做命运的主人

校园里安静下来的时候，心头也空落落的。平日里到处是喧嚣，喧嚣到让人产生职业倦怠。现在又是出奇的寂静，寂静得让人一阵阵心慌。其实教师最美好的年华，就是在这样一种周而复始的喧嚣与寂静的交替中消耗殆尽的。

本学期的期末很是漫长，在这个特殊的年份，我们等来的是一个迟到的暑假，借此机会，我谈点个人感悟，与同志们分享。

一、学校的"大气"才能成就"大器"

著名教育家陶西平先生认为："好的教育确实应该是'大气'的教育，这种'大气'是指广阔的视野、长远的目标、深厚的底蕴、高雅的品位，是一种为造就高素质人才的'大器'奠定基础的价值观。"他还谈到"大气"的教育价值观，体现了教育的多重维度。在时间上不只顾眼前，更考虑长远，不单纯计较一时一事的得失，更考虑持续发展的需要；在空间上不只局限于小范围内的成就，更着眼于国家的前途、人类的命运；在发展上不炫耀点滴的亮点，而关注厚重的积累。陶西平曾是北京四中的校长，他把四中老师的责任感概括为三句话：为时代而教。为发展而教。为"不教"而教。把四中老师的教育追求概括为四个字："向善向上"，这可以说是对北京四中教育传统的高度凝练和概括。

我们学校，地处城区，可百分之九十八以上的都是农村学生。我们要花费别人几倍的力气，才能收到别人几分之一的效果。但无论怎么样，大家都不能心浮气躁，不能妄自菲薄。在确定了办学目标后，我们要勇往直前。胸怀大格局，做好小事情。一步一个脚印，不搞花拳绣腿，不崇尚好高骛远。教育是一门科学，我们要遵循它的规律，我们要让校园清静，让教师心静，让每一个学生通过在这里几年的学习，懂得做人的基本道理，获得为人处事的基本常识。我们不做而且也做不了精英教育，但我们要办"大气"的学校。

二、心态平和才能成就生活的精彩

美国心理学家马斯洛曾说过，"心若改变，你的态度跟着改变；态度改变，你的习惯跟着改变；习惯改变，你的性格跟着改变；性格改变，你的人生跟着改变。"世界纷繁复杂，丰富多彩，我们作为一个普通人，要给自己找到准确的定位。自己有多大的能耐，有多大的本事，心中要有数。自己能改变什么，不能改变什么，要一清二楚。能改变的就发挥自己的能量，不能改变的就主动地去适应。这个世界上的任何一件事，任何一个人，绝对不会因为某一个人的好恶而变成另一幅面孔。

心态平和并不等于心理麻木，并不等于对一切都无所谓。做个普通人，有自己的生活目标，有自己的生活方式，有做人的最基本的荣辱观，有最起码的责任心，有符合大众心理需求的职业道德底线，我们就是一个有资格被称得上是"普通人"的人。

教师的职业累而且高危，这是时代变化的结果。教师多，教育家少。只要你爱学生，有责任感，你的付出就会有回报的。多年后学生对你的一句中肯的评价，能值千金。多少优秀的教师，清贫一生，但他们却活成了学生心目中的一座丰碑。权力是假的，人品是真的；职位是假的，本事是真的；即兴恭维是假的，由衷钦佩是真的。我们大半生要教那么多学生，我们要真的而不要假的。今天我们不严格约束自己，多年后，在学生的心目中，我们就成了一个躯壳，我们就仅仅是一个男性或者女性，我们就和真正的男人或者女人失之交臂。

有人整天口口声声说要活成自己想要的样子。我认为，社会无论发展到哪一天，无所顾忌的样子都不美丽。

爱因斯坦说，真正的笑，就是对生活乐观，工作愉快，对事业保持兴奋。

心态是命运的真正主人。假如我们想要主宰自己的世界，主宰自己的命运，首先要主宰自己的心态。没有人可以回到过去从头再来，但是每个人都可以从今天开始，创造一个全新的结局。

学之殇

开学十多天了，我心底始终不得安宁。增幅居高不下的学生数量及由此引发的一系列问题，困扰着学校，许多事无从下手。我反复从自身入手寻找原因，苦思冥想之后，才意识到所谓思想老旧、水平退化等冠冕堂皇的说辞在此时似乎已显得苍白无力。

与往常一样，每天都要在校园，在教学楼上转一遍。不转不行，婆婆妈妈的工作性质，也需要第一手资料，更需要防患于未然。

小学教务处门口站着个年轻男人，见了我，有些拘谨和不自在。我问他找人吗，他说女儿转学，在里面答卷，他在等。我立马明白了又是一个转进来

的。我问转几年级，他说是三年级。"念得咋样？"我本能地问了一句。"好着哩，全班第一名。"那个年轻男人不假思索顺口答道。按学校规定，二年级以上已不再接收插转生了，尽管我们学校的办学宗旨是"办百姓学校，做平民教育"，也就是说，入学无论贫富，求知不分贵贱，可那些年级的教室已挤满了学生，班额都过了70人。这位家长说的所谓考试，其实是一个简单的检测，主要是了解一下学生在原校的学习情况。教务处的门开着，进门的桌子上爬着一个扎着小辫子，着一身灰色外套，穿着运动鞋的姑娘。由于坐着，一眼便能看出她光着脚。小女孩背门面窗，看着卷子，一手托腮，一手拨弄着中性笔。为了不打扰她，我绕过桌头坐到了她对面。见我坐下来，她干脆不看卷子而目不转睛地盯着我的脸，眼神一动不动。见此情景，我便问她："你原来的学校人多不？""不多。"她回答我。"你知道具体数字吗？""知道，一年级3人，二年级2人，三年级3人，四年级4人，五年级8人，六年级9人。"她如数家珍，说得那么肯定。"哦，那你如果转走，班上就剩2人了？""是的。"女孩丝毫也不胆怯。我终于明白了她的爸爸之前给我说的那个全班第一名了。人少也有少的好处，考个倒数第一，也在前三名！这样的学校学生怎么学？教师怎么教？

  我又想起了开学第一天在校园里见到的一幕。四年级的一位老师给一个学生家长做工作，让他别把女儿转走。我站在一旁听着，老师说："别人都把娃从乡下往城里转，你却把娃从城里往回乡下的教学点上转，你这样把娃的前途毁了！"学生家长是个年轻小伙，衣服脏兮兮的，女儿背着书包就站在他身旁，无奈的眼神一会儿扫视着她爸，一会儿又挪向老师，像是倾诉，有又是乞求，感觉很是扎心。我凑过去了解情况，"你是孩子爸爸？"他点点头。"为啥要把娃转回老家？"我问他。他知道了我的身份后，一五一十地说开了。原来，他和媳妇从县上来的，进城后在学校附近租住，有两个孩子。

◇ 驿路偶得 ◇

媳妇在家一边照顾小的，一边供大的上学，他在外边做水果生意，日子虽不富裕倒也过得平静。大女儿上四年级，成绩很好，门门90分以上。他今年三十岁，老家在山区，父母及爷爷奶奶都健在，是一个四世同堂的家庭。为了生意上联系方便，他们有业务往来的人建了个微信群，自己媳妇也在其中。群里成员最初谈生意，后来开始私聊感情，一来二去，有了质变。今年初，他感觉苗头不对，接着就有了铁的事实，他媳妇领着两岁的小女儿跟着山东籍的水果贩子私奔到深圳去了。最近传回话来，明确表示不跟他了。"我实在没办法，把房子退了，想叫娃回老家念书，让她爷爷奶奶太爷太奶照顾，我自己还得在外赚钱。"年轻人说得还有些伤感。我弯下腰问小女孩："你想回乡下念书吗？""不想。"她口气很坚定。旁边站着的一个老年妇女也开口了："年轻人你不能打错主意，我把手上啥活都撂下专门进城领孙子上学。娃娃前途事大，你就是在城里捡破烂也不能把娃送回老家山里去。"女孩的爸爸面露纠结而为难的神情！

后来，听说小女孩还是留下来了，她被寄养在学校门口的托管中心。

在以进城务工人员子女和留守儿童为主要生源的学校里上班，很难有心静如水的日子。

平民学校里秋天的故事

秋季学期开学其实是新学年的开始。小学一年级新生的报名时间按照规定已过半月了。可是来学校询问打探的人依然络绎不绝。这季的报名已经毫无

守望心田

悬念地成了一场马拉松。招生是划了片的，无论是"原住民"还是后来的"移民"，除了择校外的，学区房住户都能很轻松地报上区域内的学校，而那些流动人口就没那么幸运了。暂住证、租房合同、备案表、户口簿一样都不能少。由于学校容量有限，条件同等的情况下，派出所的备案时间也要看先后顺序，这样划进区域内的未必都能报上。报不上，心不甘。

校门外，校园里，办公楼楼道，询问、解释、诉说，都是一个话题：娃要上学。

我的办公室门大开着，一个30出头的小伙子一进门便声泪俱下，镇原口音很重。"这是我儿子的诊断证明。"他边说边从一个塑料袋里掏出来一沓纸，"我女儿想在这里上学"。我有点懵了，儿子有病和女儿报名没有啥因果关系呀。我说你个大小伙有话就说，哭啥哩，不料听到我这话他越伤心了，几度哽咽。原来他有两个孩子，姑娘6岁，今年要上小学。儿子两岁，自闭症，在西安的大医院看了多次，现在边用药边做康复治疗。他在下庄路口租了房子卖门窗，女儿若在西峰没学上，就得回老家镇原孟坝去，而那里没有给儿子做康复的条件。他的语调近乎乞求。我没有断了他的念想，尽管按规定他不符合条件。"把你的手机号码给我留下，过几天再看，只要教室里能坐得下，就让娃来。"他离开时千恩万谢！

又进来了一个女的，看上去年龄和刚离开的那个镇原小伙差不多。她手里拖着一个小女孩。见面第一句就问我是校长吗，我说校长室里坐着的不是校长还能是谁，她又问，"我孩子上学的事某局长给你说了吗？"我说你给娃报个一年级，还能费那么大的事？她摇头叹息，"唉，实在没办法了！"原来她本是区域内的常住人口，老公耍钱，欠了一屁股债，债主整天上门讨账，不分白天晚上，床上、沙发上都躺满了人，孩子吓得无处躲藏。老公本人又玩失踪，万般无奈，房子卖了抵了帐，她带孩子流离失所，后来离婚，租房打工度

驿路偶得

日。按规定，她也是个不符合条件的。她说孩子没学上，她愁得晚上睡不着。走投无路的时候，打听到她堂弟的朋友的朋友的熟人是个包工头，认识某个局的领导，这个领导又和教育局的一个领导是熟人，就这样九拐十八弯总算才有了一丝希望。孩子似乎听懂了她妈妈说的话，忽闪着一双大眼睛，这里盯盯，那里看看。"好，我知道了，把电话留下，过几天再看，只要教室里能坐得下，就让娃来。"她离开时千恩万谢！

办公室里边的还没说完，外边的已在不停地探进头来张望。几乎熬了一天才把门口的人打发完。我觉得这模棱两可的答复还挺管用，它使我摆脱了暂时的窘境。

走出办公室的门，下了楼，校园里又聚了许多想给孩子报名上学的人。有的是娃的爸妈，有的是爷爷奶奶，有的是其他亲戚朋友。他们见了我，都在絮絮叨叨，述说着不同的理由，表达着相同的诉求。"哎呀，我真傻，租房子多年了，咋就不知道还要办暂住证！""我太糊涂了，只知道弄了个暂住证，却不知道每年还要去审一次"……我的脑海里又浮现出多年前中学语文课上，鲁迅先生笔下祥林嫂述说阿毛故事的情景。

在教学楼楼道里，迎面走来一个老头，那么热的天，中山装摞了几层。他一手捏着一个牛皮纸档案袋，一手拿着一包"芙蓉王"香烟。见面问我是老师吗，他想给孙子报名。随后就颤颤巍巍地取出一支烟硬往我手里塞。我摆手拒绝，"我不抽烟！"他说几天前他排了一晚上的队，总算报上了，可今天学校又叫他来取资料，说第二次没审上。从他口中我得知他的儿子出门三年了，从来没和家里联系过，儿媳妇是陕西渭南人，随后也出走了。他和老伴抚养孙子，艰难度日。他在庆阳林校附近租了一间房子，自己当临时工扫街道。"老师，求求你把我的孙子收上。"我说："你先回家等着，过几天再看，只要教室里能坐得下，我第一个就把你孙子收下。"他似乎听出了一点希望，"那我

守望心田

到时找谁？"我说你就找我，有人阻拦你，你就说你是校长亲戚。"好人，好人，大好人。"他像是在夸我，又像是在自言自语。他握住了我的手，这一刻，我像攥到了一个脱了颗粒的干玉米芯，直扎到我的心头。他出了校门，一步一回头，分明是想把我的样子牢牢地记在心里，免得到时候找不到。我也用力目送着这个扫一天街道都换不来两包"芙蓉王"的老头，直到他的背影消失在夜幕里。

二八月天，妖婆子脸，说变就变。虽然还没进入农历八月，可近几天天气变化无常，时雨时晴。穿短袖冷，加个外套又热，只叫人无所适从。连轴转了几天，我已十分疲惫，躺在床上看着窗口透进的小区院子里的灯光，发烧的双眼怎么也合不拢。手机有提示音，来了一条信息："校长你好，求你能把我的娃收下，我实在没人找了，打听到你的手机号，给你发信息，我娘家在环县，老公在外地打工，我两个孩子，小的上幼儿园，就在你们学校附近，大的若到农村上小学，我没办法接送……你就怜悯怜悯我们母子吧。我没其他东西，就给你送双鞋垫，是我娘家妈做的。十几年前我妈出车祸残疾了，为照顾我妈我没把书念完，错别字很多，让你见笑了。"

我以前见过环县的母亲做的鞋垫，真好！

我心头一阵酸楚。"先等着吧，过几天再看，只要教室里能坐得下，就让娃来！"

手机屏幕上马上出现了一个热泪长流的表情符号。

凌晨两点我还没有一丝睡意。找我给娃报名的人，名校他们压根儿就没敢想过。拼爹拼关系拼实力他们岂是对手？

新的一天是8月26号，星期一。听得出窗外大雨滂沱。"衙斋卧听萧萧竹，疑是民间疾苦声"，我没有郑板桥的声望，也没有他怜惜民生疾苦的胸怀和境界，我不是"官"是百姓。我知道天亮上班后，在这所平民学校里昨天的故事还会在今天和明天重复。

我得早点去看看，若教室里能坐得下，就让娃来！

吃五谷杂粮　干世上累活——我的职教情结

　　1986年8月，我被组织分配到董志中学工作。回母校上班，心理上压力好大。可时任学校副教导主任的王西奎先生早些时候就执意去找主管部门，要求必须把我分回来，他说我念书时是个好学生，以后肯定能当个好老师。在那个年代，有关部门和领导都很体谅学校，在教师调配方面校方有绝对主动权。为了报答老师的知遇之恩，我很快就成了母校的一名新老师。

　　当时的董志中学是一所办学历史悠久的农村完全中学，初中部的课程几乎全由师范毕业生承担，只有高中学生才会有由大专以上学历的老师为其授课的荣幸。

　　一走上工作岗位，我就担任高中一年级语文课教学工作。由于肯出力，年轻也有力可出，一年后学校又安排我教高三文科班的课程并担任语文教研组长，工作量很大。语文、历史、地理我一人包揽，高考六门课我承担了百分之五十，每周二十四节课，兼任班主任。教课、看书、写文章是我校园生活的主要内容。那时不是爱校如家，而是学校全然就变成了家。

　　用当时在许多材料上流行的一句话来说，"1988年，伴随着教育体制改革的强劲东风，董志职中应运而生了。"完全中学开始设职业班，搞"双规制"，最初是四个专业，服装、家电、家庭经营，还有个建筑专业两年后由于没师资就停办了。除家庭经营专业外，其他的专业课教师都是校聘的，由于是应急之用，专业素养良莠不齐。全校千人左右，职业部只有一百二十几个学生。1990年，我担任副教导主任，学校借鉴其他地方的模式，年年都在尝试开办新专业，专业门类不断增加。1994年，普通高中停招，职中和初中分设，我二次被分配到职中工作，任教导主任。随着办学规模的不断扩大，办学层次逐年提高，学校更名为"陇东职业中专"。我又担任学校副校长、校长，直至2012年秋天离任，前后二十七年，把人生最美好的年华，留在了陇东职业中专的校园里。

近三十年的职教生涯，酸甜苦辣一言难尽，两点感悟却是刻骨铭心。

办职业教育最难的事当属招生就业。

中等职业学校是为当地经济建设培养适用性人才的，通俗地讲，上职中就是为了学手艺。我们处在西部贫困地区，群众的观念落后而顽固，谁家的孩子都想上大学，家长对职业教育有强烈的抵触情绪。谁上了职校，谁就低人一等，在这样的背景下，招生工作举步维艰。我曾让招生办对入学新生做过一个问卷调查，预设的题目是"你为什么要选择职中"？绝大多数学生都写的是"没考上高中，走投无路才来这里"一类的话。毫不讳言，初中的"双差生"就是职业学校生源的主流，学校教学与管理之难就可想而知了。就这样的学生也不是轻而易举招来的，每年招生学校都要花去大量的精力和财力，从校长到教师，压任务分指标，上门动员，赶集宣传，苦口婆心，结果往往是热脸贴冷屁股，既耗去了心血和汗水，也丧失了人格与尊严。经济落后是我们的软肋，职校毕业生本地就业大多是学非所用。为了给学生谋个好出路，学校经常组织专人赴南方发达地区考察、衔接、洽谈，那些年劳动力市场管理很不规范，在学生就业安置这一工作中，充满了被家长误解的委屈，饱尝了让无良中介欺骗的心酸，忍惯了别有用心者的冷嘲热讽，经受了自己的失落彷徨。后来有了联合办学，有了校企合作，就业形势大为好转，有些好专业甚至一度出现了供不应求的局面。在我看来联合办学虽说实现了双赢，对我们而言，其实也是一种无奈之举，别人愿意与你合作，一个根本的目的是为了弥补自己学校的生源不足。我们是由于师资、设备欠缺，就业门路不畅才受制于人，这种做法若从长计议并不可取。现在只能这样，谁让我们落后呢？

办职业教育最需要的是埋头苦干的精神。

我的前两任老校长孙霖先生、王西奎先生，都是我中学时代的老师，也是庆阳职业教育的前辈。他们带领一班人白手起家，摸着石头过河，在艰难的办学环境下，奠定了西峰职业教育的基础，创造了学校发展史上的辉煌。无论别人如何评价，他们的地位都无法撼动，他们的贡献会历久弥新。他们是职业教育的行家里手，他们是埋头苦干的楷模。

王西奎先生是董志中学职、普分家后第一任校长。他曾为学校的基础设施建设、专业建设、师资队伍建设四处奔走呐喊。他是全国教育系统劳动模范，他是中国西部职业教育的先锋，他是被时任甘肃省委书记誉为"教育家"的校长，他是为汇报工作敢关掉省长电视机的"要钱专家"。"校长不是官，好好把工作干"是他对我的教诲。王校长曾带着我们坐班车拉着电视机，拿着录像带到市内的中学搞招生宣传，他曾领着我骑自行车到市长家门口蹲守，为学校争取经费。为了宣传学校，他在二十多年前就开始在学校搞职教成果展……老校长的新思想新做法，为陇东职专的发展留下了一笔宝贵的精神财富。

我是在前人的肩膀上起步的，陇东职专有一大批德才兼备的教职工，他们吃苦耐劳，他们做得多，说得少。时至今日，我依然怀念当年那干事创业的环境和团结和谐的工作氛围。2007年秋季开学，为了筹备好迎新晚会，许多教师加班加点，当时秋雨连绵，记得分管后勤的副校长杨振龙和总务主任秦彦能

守望心田

给我汇报，说雨太大了，原定要在周内安装好的校院路灯，是不是暂缓一下，我说坚决不行，"别说下雨，就是天上下刀子也必须按计划如期完成任务！"随后我便隔着窗玻璃看到了大雨中干活的副校长、总务主任，还有后勤的几位教师……搞活动的那天晚上，天晴了，二十年来师生第一次见到了一个灯火阑珊的校园！多年来，在学校的项目建设及各类晋等升级过程中，多少教师都付出了在今天难以置信的努力，正因有了大家的风雨同舟，陇东职专才有了后来的骄人成绩——连跨三级，通过市、省、国家重点校验收，跻身国家示范校行列；达成中德合作办学协议，成功争取到共享性实训基地建设项目；争取领导支持，解决了学校数控等专业设备的空白及操场用地问题，扩大了校园占地面积，使学校硬件建设上了一个新的台阶。

几乎每过几年，主流媒体都要说职教的春天来了，我们无比振奋。可现实总是那样的不容乐观，国家大政策好，地方小环境差，直到我离开职业教育，总感觉是春寒料峭！

2012年9月，组织调整我到承担基础教育任务的学校任职，在作别工作生活了半生的陇东职专校园的时候，我信口作一首五言律诗用以自嘲：

    掌了职中门，求遍天下人。
    今日卷铺盖，顿觉一身轻。
    教坛三十载，明镜映霜鬓。
    来世操旧业，定先去修行。

时间是最好的药，它终将会平复一切。时间又是最公正的裁判，它终将会证明一切。过去了的东西，都成了历史，历史是属于所有人的。

西峰职业教育任重道远，西峰职业教育必定大有可为。

◇ 驿路偶得 ◇

我的教师节

1985年9月10日过第一个教师节的时候，着实让人激动了一阵子。师范院校的校园里满是笑脸，我们虽然还当学生，却平生第一次切切实实地感受到了与职业关联的节日除了喜庆还能给人长精神。学校在大礼堂举行庆祝大会，领导致辞，教师代表发言，坐在台下的学生两眼盯着主席台，分享着教师的快乐，唯恐把扩音器里传来的哪句精彩的话漏听了。两只手没闲过，鼓掌鼓到手指头发疼发麻。物理系的系主任声音很有穿透力，在空气中产生了共振："今天我们怀着万分激动的心情欢聚一堂，庆祝一个比节日还节日的节日……"中文系教唐宋文学的年轻讲师开口便是"国将兴，必贵师而重傅，贵师而重傅，则法度存"，他引经据典，阐释国家设立教师节的必要性与必然性。虽满口方言，却逻辑严密，字字珠玑，通篇发言句句煽情，像论文，又像抒情散文。台上说得扎实，台下听得舒心。听有水平人说话原来也是一种享受！庆祝大会后，同学们在走出会场时都有些依依不舍，礼堂一片嗡嗡声，不用说都知道他们在议论什么。更有意外收获，礼堂前门右侧墙面上，学校教务处用一张大红纸贴出通知：为庆祝第一个教师节，经学校同意，今晚全校不上晚自习，晚上七点半在礼堂放映电影《高山下的花环》，各班派人到系学生会领取电影票。我们又欢呼了。那是一个最容易欢呼的年龄，我十九岁。

师范院校毕业，我顺理成章地当了教师。以教师身份过第一个教师节那天，感觉在这个世界上我最有尊严。学校大门上方悬挂了横幅，两侧贴上了对联。午后学校召开了教师座谈会，市政府分管领导、教育局负责人和学校所在乡镇主要领导前来祝贺，局长提着两瓶酒，乡长送了个玻璃匾。相互鞠躬后，校长依次接过礼品，掌声能震落窗玻璃。他腾出右手，伸到大家面前在空中压了压，接着说了一大堆感谢的话。座谈结束后，教师领节日纪念品，三十元的一个玻璃台，就是办公桌面上放的一块玻璃，把照片之类的东西压在下面，透过玻璃一目了然。当年这东西流行，用时下的话说，它可以提高办公室的品位。不过后来才发现，时间长了，天天抹桌子，难免有水浸入，等到再压新照片时，旧的已粘在了玻璃上，剥下来后，"脸"上已没皮了，让人哭笑不得。

年年的教师节学校都会聚餐，乡下的饭菜是很便宜的，一桌饭百元左右。辛苦一年，聚在一起，吆五喝六，图个热闹，图个高兴。教师节很有感染力，有一年发的礼品是个石英钟，听说五十块钱，带回家里，幸福了一家人。不识字的父亲从我手中接过它，捧在手里，翻来覆去地看，喜悦流淌在眉宇间。这个石英钟至今还挂在老家房子的北墙上，它是家里唯一的存下来的我的教师节礼物，快三十年了！

一切都时兴货币化的时代也波及了学校，教师节不发礼品了，发钱。每年发五十块，持续了十年，后来条件好了，行情涨了，开始发一百。钱领到手，觉得这节像缺了点啥。再后来，啥都不发了，尽管这样，每年的9月10日却依然会如期而至。

教育是公益事业，这是教师心目中的天条。可自从教育变为一种产业后，它就开始成为赚钱的手段了，校长被称呼为老板的学校司空见惯。

常年生活在校园里，视野越变越窄。每天见到最多的除了师生的面孔就是醒目位置上的校规校训、办学目标、办学宗旨等。偶尔外出学习，会发现守成的校长都主张为自己的学校题上如"开拓进取，求实创新"一类的老话，富有理想和激情的校长，他领导的学校，一进门就能看到"做真教育，真做教育"一类的比较时尚的话，国内我见到过的学校，大抵都是如此。这些话都是大好话，内涵外延均无懈可击，至于各自做得如何那就得另当别论了。标语等写在墙上的东西主要是供人看的。校园有了浮躁浅薄之风，有了屡禁不止的教育乱象，社会上也开始出现对教师节说三道四的声音。

有人呼吁取消教师节，他们的理由是9月10日除了是个日历上的日子外别无其他意义了，说这话的大概都是教师。还有人说本来就不该设教师节，自从有了这个节日，教师行业就开始大行收受礼品礼金之风，带坏了社会风气。听起来两种说法都蛮有道理的！更有一些媒体似乎和教师这个职业积怨已深，他们也盼教师节，他们最清楚选择在这个时间节点集中曝光教师队伍里的反面典型，对这个群体最具有杀伤力。其实芸芸众生，三百六十行，哪个行道里没有"人渣"和"败类"呢？如果取消教师节中国就能立马消除腐败，我举双手赞成。

设立教师节的初衷是为了在全社会倡导尊师重教的风尚。有了教师节，教师的职业荣誉感和个人存在感就更强了。我很幸运，教师节诞生在我当教师之前。我的职业生涯中，没缺过一个教师节。

时间拽也拽不住，跟着白露的脚步，不觉间第三十四个教师节又到了！

由"胡红梅事件"想到的

明星教师胡红梅这几天又出名了。不过这次和以往不同的是有人说她的文章、著作有大量的剽窃行为，且"有图有真相"，一石激起千层浪。了解了事情的原委，觉得她也实在有点过分，连别人著作的《序言》都照抄，这错儿犯得着实有些弱智。其实中国目前的教育，奇葩事太多了。校长热衷高调，教师被迫演戏，学校追逐虚名。有些人连教育的基本套路和常识都没熟悉，就想成名成家。新名词新术语新"思想"大行其道，教育成了"玄学"，学校失去了往日的清静。

东凑西拼的论文、东拉西扯的理论，不能自成体系，不能自圆其说，丢掉了教师和教育的本真。办教育、做学问必须要有一颗朴素的心。陈独秀一生学贯中西，特别是国学基础博大精深。他在晚年写了一本研究汉字的专著，取名叫《小学识字教本》，其价值不亚于《说文解字》。出版时，当时的教育部长陈立夫认为这么有价值的著作却起了这么"小儿科"的个名字，要求作者另换个书名。陈独秀坚决不同意，最后他宁可选择不出版，给出版社退回了事先预付的5000元稿费。他认为识字是启蒙教育。多么的朴素和低调！现在不行了，许多人自己的学养没达到，调子已经上了天，今天这"工程"，明天那"战略"，照搬来的东西，自己都没消化，囫囵吞枣，却要给别人留下神乎其神的印象。胡红梅也许本来还是一个很有潜力的教师，无论是个人禀赋还是职业理想都使她蕴藏着很大的发展空间。别的不说，单就这个"广东省青年教师五项全能一等奖"肯定不是轻而易举就能拿来的。别说五项，就讲课这一项没有硬功夫绝对是不行的。可后来，光环越多，私欲越膨胀，恭维、起哄的人越无所顾忌。等到能力撑不起那些浮名的时候，有一天终于栽倒在旁门左道上了。假如她一步一个脚印，本本分分，时时有高人指点，处处有贵人相助，成功的条件都具备了，结局肯定就是另一番样子。

法国著名思想家、作家蒙田说过，"我们知道的东西再多，也是我们不知道的东西中极小的一部分。这就是说，我们以为有的知识，跟我们的无知相比，仅是沧海一粟。"天赋再好的人，只有不断学习才能与时俱进。

当然，有时毁掉一个人，也不能全怪他自己。

心园絮语

　　学校教育是依一定的目的、有组织有计划地对受教育者的心智发展进行教化培育。简言之，就是一种培养人的活动。"唤醒、陪伴、引领"始终贯穿这一活动的全过程。教师对学生是这样，校长对教师也应该是这样。学校各类会议是传达上级有关政策精神和学校意志的必不可少的途径。担任校长二十年来，我的主张就是尽量不开会、少开会，要开就开短会。这些会议除了安排工作，更重要的是"教化教师"。主题要明确，内容要渗透校长的教育思想。而且采用些文学化的语言取代板起面孔、正襟危坐地说教，让会议的氛围变得轻松有趣，彻底消除了师生员工的"恐会症"和"厌会症"。

　　每准备一次会议，我都是在搞一次创作。

◇ 心园絮语 ◇

办好职校要全方位谋划

过去的一年，在政策的正确引导下，在行政的强力推动下，经过大家的共同努力，我们做了许多前无古人的工作。布局调整方兴未艾，资源整合如火如荼，基础建设跨越发展，校园面貌万象更新。

政府投入近5000万，达到了建校21年来之最；学校影响力进一步扩大，一年来接待的各级各类参观学习的团体就达到70多个；办学实力不断得到各方面的认可，学校被定为全省基础教育现场会主要参观点。

以上事实可以诠释我们的含辛茹苦与不懈努力，可以证明学校迅速崛起的奋斗历程。

存在的问题也不容忽视。

学生养成教育差，成为班级管理中的硬伤；班主任队伍工作被动，拖了学校整体工作的后腿；课堂教学质量不高，管教不管导已造成了巨大的负面影响。

办职业教育是个苦差事。要出人头地，能吃苦、肯钻研是前提；思想活跃是关键。保守、懒惰、玩花拳绣腿，学校必死无疑，只是迟早的问题。

办职业教育要有心计。制约职业教育发展的因素很多，涉及方方面面，只有不断地捕捉信息，调整思路，才能在专业设置、教学管理、实习就业、项目争取上处于主动地位。一味地等、靠、要，学校就会举步维艰。

守望心田

办职业教育要学会与人为善。古人讲"和为贵",职业教育发展的经验告诉我们,要赢得一个良好的宽松的外部环境,就要广交朋友,要懂得辩证法——既会大手大脚,又能精打细算。关系是金子,面子是生产力。赛德尔基金会与学校合作已有11年,目前,对外影响很大,合作专业成为学校的名片,专业设施及学生已占半壁江山。我们要继续把合作项目做大做强。

职业教育要本着"以能力为本位,以就业为导向"的宗旨,以培养基础扎实、特长明显、素质全面、能力多样、人格健全、适应性强的优秀学生为目标,不断深化学校管理,建立起充满生机与活力的管理体制和高效运行机制。

健全和完善规章制度,构建自觉的行为引领。坚持职、责、权、利统一的原则,做到事有人管,管事有权,权连其责,利绩挂钩。在学生管理上,要求全体学生从细微处入手,规范自己的行为,做文明守纪的学生。

要营造高品位的校园文化,彰显真善美的育人环境。我们要结合布局调整和学校硬件建设,挖掘资源,营造精美的环境文化。让学校的每一面墙,每一块绿地都成为师生自我教育、展示风采的最佳场所。

学校要以人为本,浸透人文关怀,激发教职工生命激情。使大家真正地感受到学校是大家的学校,事业是共同的事业,校兴则我兴,校荣则我更荣。

学校要本着"文化课以够用为度,专业课以适应未来发展为取向"的原则,充分认识"质量是学校生命线"。强化全校师生的质量兴校意识,采取有力措施培养学科带头人,有效地降低因教师差异而形成的教学水平的不平衡,实现教学质量的均衡持续发展。

2010.1.10

◇ 心园絮语 ◇

每一个起点都很重要

2012—2013学年度第一学期已经过去一个月了，在这一段时间里，区委调整了学校主要领导，对北街实验学校提出了更高的新要求，我们认为，在新的一年里，全校上下必须把全部精力放在抓教学质量上来。

为了实现预期的目的，我就今后一个时期的工作讲几点要求：

一、下实手抓好精细化管理

质量是学校的生命线，不讲质量的教育是极大的浪费和犯罪。多年的教育实践证明，严格的、科学的管理，是提高质量的前提和保证。因此，我们必须从抓好精细化管理入手，全面提高教育质量。

学校的精细化管理是交融、整合学科管理与人本管理思想，是注重管理过程和管理细节，实施精确计划、精确决策、精确控制、精确考核的一种科学管理模式。在精细化的管理中，"精心"是态度，"精细"是过程，"精品"是结果，我们要以培养"基础扎实、素质全面、人格健全"的优秀学生为目的，不断深化学校管理，建立起充满生机和活力的管理体制和高效运行机制。

健全和完善规章制度，构建自觉的行为引领，做到职、责、权、利高度统一。在学生管理中，要求全体学生从细微处着手，规范自己的行为，做文明守纪的学生。抓好对人的管理，首先要从教师做起。管不好人，就干不好事。抓养成教育，要以爱国主义为主线。以日常行为规范教育为突破口。要严格规章制度，严格考勤纪律。从抓出勤入手，抓工作效率和质量，不允许有特殊群

体和特殊个人。

二、全身心抓好队伍建设

1. 构建一支梯队合理，素质整齐，整体优化的学科教师队伍。

我们要尽可能地在教师资格优化上把好"入口"和"出口"关，对优秀人才要礼贤下士，不遗余力地吸引进来，对素质低下，不适宜当教师的人让其离开岗位，不再误人子弟。

2. 要抓好两种人的培养。第一种是学科带头人和名师培养。

一流的学校需要一流的教师队伍，名校需要名师支撑。再整齐的教师群体也必须有自己的带头人，没有带头人的群体必然会产生可怕的群体惰性，使整个队伍走向平庸。名师在一个教研组，一个学校具有领衔和示范作用，他们的水平往往代表一个学校或一个学科的教学水准。第二种是青年教师的培养。青年教师的培养关系着一个学校的可持续发展，没有一支强有力的青年教师队伍，学校的发展就没有后劲。我校的青年教师队伍十分庞大，青年人思想活跃，精力充沛，容易接受新事物。我们要结合新课程改革，采取岗前培训、师徒合作、分段考核、压担子、铺路子、给法子等措施，培养青年教师。教务处要着手制定切实可行的教师培训计划，千方百计使各项培训任务落到实处。

三、多层面抓好环境建设

1. 为教职工创造良好的物质环境。

我们要尽量盘活教育资源，提高办学效益，从校情出发，确保教师的收入、福利等在当地同行中有一定优势，使教师无后顾之忧。

2. 努力为教职工创造一个良好的工作环境。

首先要下大力气改善办学条件。北校的办学软环境不错，但是硬件建设欠账很大，尤其是教师的办公条件十分简陋，这必须引起我们的高度重视。另外，我们还要为每一位教师搭建成长的平台。一般来讲，当物质收入达到一定水平时，按照边际效应，就会产生对物质需要的递减。对知识分子来说，精神追求和体现个人价值显得更为重要。我们要努力为教职工提供积极发挥作用的舞台和施展才华的机会，努力做到人尽其才，各得其所。

3. 要努力创造一个良好的人际环境。

在任何一个社会群体中，每时每刻都会产生问题，人与人之间经常会有各种摩擦，因此协调好人际关系，倡导健康风气，创造和谐、融洽的人际氛围，就会使每个教职工心情舒畅，情绪安定，形成正向合力。

4. 创造一个良好的校园环境。

使校园建设现代化、人本化、人性化，让良好的环境影响人，教化人，培训人。

作为一名教师，要经历一个由不成熟到相对成熟的成长过程，这是自己专业知识积累，专业技能提高和专业情意不断完善的一个漫长过程。教师要使自己成为教育理论家，必须注重学习，注重积累，勤于思考，勤于耕耘，敢于说出自己的真知灼见。要注重师德师风建设，注重树立自己的良好形象。一个精神抖擞、意气风发、知识渊博、风度翩翩的教师必然会以他的人格魅力，打动、感染学生，滋润教学氛围，这种一举手、一投足都洋溢着教育智慧的教学风格，必定会完成用心灵与心灵的对话，用人格塑造人格的教学过程。

四、全方位提高管理水平

在学校管理上，我们将杜绝政策的随意性，根除出尔反尔、言而无信的现象。进一步争取优惠政策，兑现学校承诺。采取典型引路、制度约束、政策激励、利益驱动等措施，激活教师队伍，树立学校形象，扩大对外影响。从学校方面讲，对全体教职工要全面负责，好事办实，实事办好。讲出去的，要千方百计地去做；动手做的，要千方百计地做好。学校班子成员，要不断加强学习，提高自己的业务能力和管理水平，要求别人做到的，自己首先做到，禁止

别人做的，自己坚决不做。牢固地树立"管理就是服务"的思想，全方位提高管理水平。

作为我本人而言，要通过不断学习，树立全新的教育理念。以尊重人、关心人和信任人作为学校管理的出发点，以造就人、成全人和发展人作为学校管理工作的落脚点。既善于用人，又善于待人，千方百计用人之长，最大限度地容人之短。真正使全体教师感到工作不仅是谋生的手段，更是乐生的主要途径。

从学校整个管理层面上讲，要努力做到既严格要求教师，又尊重、信任教师；既有管理者的统一意志，又要使教师个人心情舒畅；既要求规范，又要鼓励创新和形成教师个人风格与特色。

希望同志们从学校大局出发，严格遵守工作纪律，不断提高自身素质和个人品位，率先垂范，为人师表，始终明白"做人要从知耻开始"，坚决做到令行禁止，从维护个人尊严的角度认识做好本职工作的重要性，始终如一地把自己最精彩的一面展现给学生。

2012.10.8

树立好"三种意识"

一、讲正气，树立忧患意识

2012年九年级毕业会考成绩在全区17所初级中学中，排名第13位，全体教师必须正视我们在全区的位次，树立高度的忧患意识。今年10月份布局调整以后剩15所有初中教学任务的学校，明年我们打算排到第几位？明年我们能排到多少位？要摆脱目前这种被动的局面，必须从现在开始下实手去抓，必须从抓校风、学风的转变做起。今天是第九周的周末，本学期时间已经过半，我们必须从思想上有一种紧迫感，时不我待，原地踏步本身就是一种倒退。

我们没有理由松松垮垮，没有理由在倒数靠前的位次上悠然自得。对于指纹签到的决定，初中部的部分教师颇有微词，这是极不明智的一种做法。还有个别同志消极对抗，拒绝采集指纹，这是很低级的错误。以前我们多次讲要抓出勤不出力的问题，现在一抓出勤，有人就不乐意了。上下班按指纹，这是比较老旧的一种管理方法，针对我们的队伍管理现状，这种办法目前还得暂时沿用。管理手段、管理方式一般说来应该是和被管理者的素质相一致的。按时上下班不是非分的要求，这是任何一个有组织纪律性的单位员工都熟知的基本常识。行政单位、事业单位应该无一例外。你去医院看病，去其他单位办事没人在岗行不行？从这个事例可以看出，北校在教师队伍的管理中有很多死角，在一定程度上存在着歪风邪气，部分同志以要求人性化管理为借口，要挟学校为自己不遵守纪律开绿灯，不愿意指纹签到的，办公室另设签到簿，上下班本人到办公室签到，多想想自己课带得怎么样？班带得怎么样？全校上下，要明辨是非，树立正气，把我们该做的事情做好。

二、讲奉献，树立责任意识

社会变革，经济转型，但是奉献精神还没有过时。我们的队伍中，模范班主任、优秀任课教师、师德标兵、教改能手大有人在，这是我们这支队伍中的精英，大家应该向他们学习。

我们校园里有醒目的宣传标语："过一种幸福完整的教育生活。"我认为我们的职业就是教师，责任是教书育人，任何时候都要以培养高质量的学生为己任。我们总希望自己的孩子能到一个校风正、学风浓的学校读书，能遇到

一个水平高、管理严的班主任，能得到方法好、有责任的任课教师亲自指导和点拨。谁的孩子都希望接受优质教育，我们一知半解，吃夹生饭，熬糊涂粥，我们以其昏昏，使人昭昭，满以为拿着工资养老，轻松愉快，可背后有多少学生，多少家长在戳我们的脊梁，我们能幸福吗？

当然，人的任何一种追求都是对幸福的追求。对于我们自身来讲，要淡泊名利，洁身自好。一门心思想赚钱的人，只能是身心交瘁、疲于奔命，永远也体验不到金钱带来的快乐。只要我们努力工作，我们就是最容易找到幸福感的中间阶层。人自身的存在，主要是追求一种心境、一种状态。身体好、心情好，事业上有成就感，心理上有归属感，能受人尊重就是幸福。因此我们要学会既随遇而安，又积极进取，努力工作，提高自身生活品位，使自己的生活进入一种境界，为自己创造幸福生活的同时，幸福地教学生怎样追求幸福生活。我们始终要认识到，当工作是一种义务时，工作就是一种负担；当工作是一种责任时，工作就是一种享受。

三、讲团结，树立合作意识

大家知道，新课改的精髓所在，就是合作学习。同样，一个学校要达到谋事一条心，办事一个声，上下一盘棋，其核心问题就是要抓好队伍团结。

教师团结一心，就能深入学生，掌握实情，就能形成教育的合力。当然，百人百性，不是千人一面，我们要学会包容。男同志要大度、大气、大方，女同志要贤惠、善良、阳光。人与人相处，主要是一种感觉，在一起共事是一种缘分。志同道合是一种感觉，有共同语言是一种感觉，相见恨晚也是一种感觉。我们从事的是一种事业，所以大家一定要树立合作意识，学会理解人，学会尊重人，学会欣赏人。学会理解人，有利于构建和谐的人际关系；学会尊重人，有利于树立自身的形象；学会欣赏人，有利于提升自己的品位。

我到任后，感觉北校大事不多，琐碎事不少。抓质量，很费劲，费劲也要抓，不抓学校就是死路一条。搞基建，很麻烦，麻烦也要搞，不搞大家的工作条件就无法改善。希望同志们各尽其职，干啥爱啥，干啥像啥。我的主张是，既不骄傲自满，也不妄自菲薄，自信而不自负，胆大而不妄为，把我们共同的事情办好！

2012.10.26

抓常规要懂得凸现重点

一、关于课改工作

教育局工作组对学校工作的意见十分尖锐，问题究竟有没有这么严重？以前的工作是不是一团漆黑？我看未必是。但有一点我们必须承认，新课程改革，北校走回头路了。中国的课程改革，曲曲折折几十年，课改的终极目标是什么？谁都理不清。这模式，那模式，有时是一窝蜂，百家争鸣，标新立异。由于对新课程改革的精神实质没有吃透，别人的没学来，自己的又丢了，轻者东施效颦，重者邯郸学步，害苦了许多学校，贻误了大批学生。

据说北校的课改曾经是全区的典型，是别人学习的榜样，不幸的是中途胎死腹中，领导的结论是我们把优点当成缺点改了。

课改，必须要做，但绝对不能玩花拳绣腿，不改就没有出路。目前的课改，其核心就是自主合作学习。课堂教学模式突出的是学生的主体地位，要求整个课堂学习的流程是：学生积极参与、小组合作、主动探究的动态开放的合作学习过程。

我认为这一教学模式基本上是四大教学环节：

教师导学----学案导学，明确目标，提出问题。

分组自学----自主学习，合作探究，相互答疑。

学生展示----小组展示，师生点评，修改完善。

总结提升----总结规律，生成方法，拓展运用。

这一种学习模式的理论基础是"建构主义学习理论"。它的基本观点是：知识不是通过教师传授得到的，而是学习者在一定的情境下即社会文化背景下借助学习过程中其他人的帮助，利用必要的学习资料，通过意义建构的方式而获得的。

课改其实并不神秘，只要有智力和毅力就行了，切忌千篇一律。专家说搞好课改的前提是要把课改变成教师的精神追求，要钟爱这一事业，那就是说除了智商还要有情商。

我们学校在课改上有基础，现在需要进一步加强和深化。前边好后边就不好了，问题不是出在课改本身，而在于没有把学生管住。小组讨论放了羊，调皮学生如鱼得水，教师管教不管导，质量怎能不下滑？我们以前肯定取得了成绩，所以，不管别人怎么说，我们要心中有数，我们要做出成绩让别人看看，不唯书，不唯上，在实践中闯自己的路。不能一味地追风，投别人所好，楚王好细腰，天下皆饿死！

最近读了一篇文章，希望大家能受到一些启发，叫作《真相有时并不重要》。

出差南宁，在好友家留宿，发现她有一个细心却唠叨的婆婆，她却与其相处甚好。那天，我们在大排档吃了夜宵，肚皮溜圆地回家，好友拿出两盒鲜奶，递给我一盒，正待我把鲜奶送到嘴边，她的婆婆忽然心急火燎地说:"赶紧吃点东西,不能空腹喝牛奶!"我觉得她真是不可理喻,我们明明刚在外面吃了那么多东西。好友似乎看出了我的心思,悄悄做了一个制止的手势,拿出一片面包,帮我撕了一点,自己又撕下一点。老太太看我们将半片面包塞进嘴里,喜滋滋地忙别的事去了。

"我们刚吃了那么多的东西,根本不是空腹,你为什么不和她说呢?"我不满地说。好友拍拍我,笑着说:"如果她能在这件小事上获得成就感,我们又何必告诉她真相呢?真相对她不重要,对我们也没意义,不过是半片面包的事。"这是我第一次听到"真相不重要"。多年来,我受到的教育都是坚持真理,如果你觉得对方错了,一定要指出来,帮助他改正,严是爱,松是害。

不久后,与另外一位朋友闲聊,说起公司流水线上的一件小事,两位员工用统一的方式打包产品,老板每次经过都要说:"这看上去不够结实哦!"A总是一声不吭地加一根绳子。B则会长篇大论地向老板证明自己的包装多么科学多么结实。B觉得A是个虚伪的马屁精,真正为公司着想的是自己,可是不久之后A升职了,而B依然在流水线上。

半片面包与一条绳子本身并不重要,却往往代表人与人交往中的一个真理:越是不重要的事情,越能考验一个人的情商。

长辈、领导或者朋友,纠结于不重要的半片面包或一条绳子,是出于对尊重的渴求。他不关心你的肚子是不是不饱,包装是否结实,他关心的是当自己的话落地的时候,能否看到想要的效果。如果你一味地坚持那并不重要的真相,对他而言就是一种失败。对于我们来说,究竟是省下那半片面包或一条绳子重要,还是让一个人感受到尊重重要?显然是后者。

放弃不重要的真相,并不是让人做墙头草,而是坚持应该坚持的,放弃不该坚持的。真相重要与否，不在于你的感受，而在于这件事是否会对结果产生本质的影响，是否会改变一个人、一件事，是否关乎道德与底线。

二、关于学生管理

我校的学生管理比较薄弱，政教处重点管课间，课间还是很乱，班主任工作搞单打一，全校没有一套系统的科学的方法。最近一周多时间，在学生管理上，出了两次问题，事情虽已平息，但我们要痛定思痛。对学生要严格管理，但必须注意方法，严禁一切形式的体罚和变相体罚学生。

事情发生后，学校维护了教师形象和教师尊严，说服了家长，处理了学生，也安慰了教师。我觉得无论怎样，教师教育学生是让他改变坏习惯，向好的方向发展。校长如果向着家长一边倒，教师就会进退维谷，腹背受敌，因伤感而对事业产生慢性绝望，很不利于学校的工作。因此，我觉得在这些问题的处理上，我的态度是明智的，因为校长是教师遇到麻烦事时心理上的最后一道防线。

但是，我们必须吸取教训，引以为戒。人生有很多转折点，不管你愿不愿意，意外总在某处等着你，小到让你停下匆忙的脚步思考，大到改变你的命运轨迹。

湖南一所初中有位年轻的物理教师因批评了学生，学生跳楼，经抢救，学生虽然脱离了生命危险，但落下了终身残疾。家长来学校闹事，但实则教师没有责任。尽管如此，这位年轻而且非常优秀的教师拒绝了许多家长和学校的挽留，愤然出走，发誓今生宁可沿街乞讨，也永不做教师了。这件事揭示了教师职业的尴尬和教师本人难以言表的苦衷与无奈。

目前，班主任队伍及个别管理人员，工作被动，拖了学校整体工作的后腿。概括地讲，主要表现在以下三个方面，一是思想颓废，混日子，没有好形象；二是工作漂浮，身子懒，没有好口碑；三是水平不高，点子少，没有好招数。再加上校园文化是个空壳子，没有精神内涵，无法对生活在其中的人起到潜移默化的作用。我认为课改能否成功，有一半取决于学生管理。

春蚕、蜡烛比喻教师，很有诗情画意。实质上，教师的工作即是吃自己家的饭，管别人家的事。教师很苦，我们的今天，像一百个昨天，与一千个前天，都是刻板而重复的，假期成了我们生命中最宝贵的奢侈品。

今天，所有的校园里几乎都有一条醒目的标语，那就是教师要寻找、体验职业幸福感。没有安全感，哪来幸福感？我觉得别人不能给我们幸福，那就靠我们自己吧！把自己的事情做好，学会保护自己。身体健康、心态阳光、人际关系和谐就是幸福；心灵有依赖、精神有寄托也是幸福；领导欣赏、同事羡慕、事业有成更是一种幸福！

前年三月份我第二次去欧洲时，在巴黎街头，我看到了一群衣衫褴褛，形容枯槁，兜售地摊工艺品的非洲人，也目睹了身着引领世界潮流的巴黎时装，金发碧眼、光彩照人，怀抱名贵宠物的法国女郎。顿时，虽在异国他乡，我瞬间似乎明白了什么叫生存，什么叫生活。在不远处的另一个地方，我没有过多地关注排成长龙的参观人群，而是仔细品味着来自那里的悠扬的钟声，这个地方就是中学时代就知道的大文豪雨果笔下的闻名世界的《巴黎圣母院》。凭借以前掌握的一点文学常识，我意识到自己正在近距离地感受加西莫多和艾丝美拉达那缠绵悱恻、凄婉动人的爱情故事。

穿越时空，我觉得人类有共同的特点。无论穷与富，丑与美，老与少，对一切的追求都是对幸福的追求。我经常在想，什么时候，我们能放下一身的疲惫，躺在大海边的沙滩上，仰望着蓝天白云，静听着椰风阵阵，思接千里，心驰神醉。

守望心田

我们当下的任务，就是既要解决好生存问题，也要着力提高自己的生活质量和生命质量，要想办法使自己生活得精彩，要通过努力提升自己的幸福指数。在为此而奋斗的过程中，我愿意与同志们一路同行！

2012.11.26

课改并不神秘

课程改革并不难，难的是坚持下去，难的是改出成效。

交权于学生是搞好课改的核心

全体教师要树立新的教学价值观。首先要确定学生的主体地位。把课堂还给学生，让学生充满生命的活力；把创造还给教师，让教育充满智慧的挑战。其次要尊重学生。要尊重学生个性，因为有个性的人，在行为上才有创造性。要尊重学生的兴趣，因为兴趣是创新的基础。爱因斯坦说：兴趣是最大的天才。要尊重学生的情感，因为情感是兴趣的升华。教师要善于走进学生的情感世界，以心灵感受心灵，以感情赢得感情，这是课改成功的重要基础。

教师要保障学生求知的权力

一要把尝试成功的权力还给学生。要革除传统课堂上"教师牵着学生走，学生围着教师转"的弊病。

二要把实现创新的权力还给学生。要提倡标新立异，激发求异思维。

三要把质疑问难的权力还给学生。要创设民主的教学气氛。

四要把发现探究的权力还给学生。

五要把情感体验的权力还给学生。只有教师貌似富有情感的表演，而学生却没有情感体验的教学是不成功的教学。

六要把学会选择的权力还给学生。选择权力是今天和未来社会中每个人生存的必备素质。教师要引导学生在选择中学会选择，在自主中学会生存。

七要把尝试失败的权力还给学生。要正确引导学生在失败中反思自己。

在社会心理学中，人们把对某人或某事始终怀有憧憬、热爱、关怀之情而发生的意想不到的效果称为"罗森塔尔效应"。美国著名心理学家罗森塔尔和雅格布森通过实验得出结论：人的情感和观念会不同程度地受到别人下意识的影响。人们会不自觉地接受自己喜欢、钦佩、信任和崇拜的人的影响和暗示，而这种暗示，正是让你梦想成真的基石之一。实践证明，在教学活动的各个环节中表现出对学生的充分信任，并给予学生更多的肯定与鼓励可使学生树立起极大的学习信心，从而获得意想不到的教育效果。罗森塔尔效应也叫"皮革马利翁效应"，可总结为：说你行，你就行，不行也行；说你不行，你就不行，行也不行。

师生相互间的积极期待是搞好课改的关键

校长要会欣赏教师，教师同样要会欣赏学生。懂得相互欣赏，在欣赏中互相激励提高。学生不喜欢没能力的教师，社会不尊重没水平的教师。无论学生的基础怎么样，我们都要抱定他们都是可以进步的念头，要善于发现他们身上的亮点，并通过多种途径向他们传递积极的期望。现在的学生，都是90后出生的，对教师很挑剔，你要让学生心悦诚服地接受你的知识，你就得首先让学生赏心悦目地接纳你。我们一定要不断更新观念，矫正行为，完善人格，提升品位。使所有学生都尊重我们，欣赏我们，崇拜我们，对我们有积极的期待，这种非权力影响力，在高效课堂的构建中，有着举足轻重的作用。

有效的课堂组织形式是搞好课改的保证

只有改变传统的课堂组织形式，才能改变不理想的课堂教学生态，才能真正地突出学生的主体地位。新课改其实就是激发课堂教学走向高效的一次脱胎换骨的变革。

在教师导学环节中，教师通过集体备课精心编制适合课改要求的优质导学案，依照课程标准、教材、教学进度和精确的学习目标，并围绕教学目标科学、合理、巧妙地设计数量和难度适宜又符合学生的"最近发展区"。

在分组自学环节中，"自主学习"需要调动每个学生对问题进行思考。通过合作探究的方法，使每个学生"学会质疑，善于探究"。对于"相互答疑"，鼓励每个学生"乐于助人，学会讲解"。

在展示环节中，充分发挥每个小组展示的作用，调动学生讲解的积极性和创造性并自主学习。

"师生点评"就是调动每个学生参与点评的主动性和准确性。对于"修改完善"，要科学地解决问题，切实提高效率。

在"总结提升"环节中，总结规律是前提，教师引导学生科学、准确地发现学科知识的规律，通过生成这一关键环节，引导学生结合自身的认知规律，生成科学、灵活的学习方法，最终实现"拓展升华"，使每个学生学习知识和获得知识的效益最大化。

总之，我们不论采取哪种形式，都是以提高课堂教学的参与度、思维度和达成度为目标，以课型研究，教学目标的叙写与探究和学习小组的竞争激励机制为突破口，稳妥、扎实地开展全员优化课堂活动，激发全体教师构建高效课堂的积极性。通过强化学生学习动机，激发学习兴趣，培养学习情感，磨炼学习意志，锻造学习品格，把传统的课堂变成"自主的课堂""合作的课堂""探究的课堂"和"创新的课堂"。

◇ 心园絮语 ◇

在课改上，我们能走出一条属于自己的路吗？

第一个登上月球的宇航员阿姆斯特朗在返回地球，走出轨道舱时，面对众多的新闻媒体，说了句莫名其妙的话："感谢你，戈斯登先生！"在记者的追问下，直到多年后，他才道出了真情。小时候他和邻居家的小朋友玩棒球，不慎将球落到了邻居的窗前，他去捡球的时候，只听见戈斯登先生和他的妻子吵架，戈太太说，"要想和我上床，休想，除非邻居家的那个男孩上了月球。"

这个故事告诉我们一条真理："一切皆有可能！"

2012.12.3

抓教学质量要有实招

今天召开的会议是2012年的最后一次教职工大会，刚才两位副校长安排部署了年终考核工作，向大家传递了学校新的领导班子组建以来，在工作中抓重点，破解难题的决心和信心。

我这里重点强调的是校内绩效奖设立的初衷及发放的依据。

我校现有52个教学班，任课教师150多名，教辅人员60多名，除了客观因素以外，工作量、工作难度、工作成绩极不平衡。多年来，急的是个别人，忙的是少数人，混的是一群人。200多号人挤在一起吃没有任何营养的大锅饭，久而久之，埋头苦干的寒了心，心灰意冷；得过且过的铁了心，四平八稳。干与不干，干多干少、干好干坏一个样，激励因素变成了保健因素，教师队伍死

水一潭，出现了严重的职业倦怠症。

十月份以来，我本人通过不断观察，深入思考，在反复研究校情，不断倾听教师呼声的背景下，校长办公会一致同意，要花气力、下实手解决这一"人人都有看法，人人都没办法"的老大难问题。

要抓质量，但不能只喊在嘴上。

首先，我们出台了《毕业班教学业绩奖惩制度》和《非毕业班质量奖惩细则》，解决了干好干坏一个样的问题，也就是"质"的问题。

随后，我们反复讨论，权衡利弊，制定了《校内绩效奖实施办法》，这一政策的出台，解决了干与不干、干多干少的问题，也就是解决了"量"的问题。

抓质量，我们拿在了手上。制定政策的出发点是为教学服务，落脚点是调动全体教师工作的积极性，全面提高教学质量。当然，我们是在摸着石头过河，一切制度都不可能尽善尽美，放之四海而皆准。它需要在实践中不断地充实和完善。一切制度都不可能是医治百病的灵丹妙药，它需要同志们不断地调适心理，完善自我，以积极的心态去面对。总之，我们的财力有限，需要花钱的地方很多，但是要精打细算，力保教学工作。管理是一门科学，更是一门艺术。是科学，就要体现公平公正，是艺术就要让人赏心悦目。我个人认为，每花一分钱都要尊重人格，尊重劳动，都要能促进工作，温暖人心。

北校虽小，但不能小打小闹，必须从大处着眼。事业很大，但不能大手大脚，必须从小处着手，也就是说，在我的任期内，哪怕节衣缩食，已经出台的各项奖励政策都要不折不扣地执行下去，要使这个校园里的每个同志，工作得有眉目，生活得有尊严。

2012.12.21

◇ 心园絮语 ◇

教师的素养十分关键

2012—2013学年度第一学期的工作，今天已经画上了一个圆满的句号。回顾我们走过的路程，我们感到由衷的欣慰。其理由我在已经印发给大家的工作总结中有具体的阐述，这里不再重复。

一学期来，我们经过冷静思考，对北校目前的处境，有了一个比较准确的定位，那就是：生源复杂，质量靠后，管理不规范，社会声誉差，在政府的眼里，是一所被边缘化的学校。

面对问题，我们不回避问题；正视困难，我们不畏惧困难。"知耻而后勇"是古人总结出来的千古不变的真理，从2012年10月份以来，我们下实手抓了教师队伍管理；倾全校之力，开展课改工作。目前，队伍管理已经基本上路，许多优秀的教师自重、自爱，脱颖而出。课程改革方兴未艾，需要的是锲而不舍的精神和坚忍不拔的毅力。

在新的一年里，我们要巩固并扩大已有的成果，要有我们的得意之作和奋进之笔，要不断挖掘我们的内涵，呈现我们的亮点，用多方面的正效应，触及学生灵魂，改变家长的偏见，扭转社会对北校的思维定式。

抓教师，人格感染作用要见实效

众所周知，学校的教育绝不是从教师到了课堂才开始的。目前，我校学生的养成教育很不到位。我们除了加强纪律约束以外，必须清楚地认识到，教师对学生是一种极具影响力的软环境因素，教师如果不能用主动、积极进取的精神去感染学生，便会不自觉地用随大流、不思进取的作风去影响学生，甚至会释放不良情绪，有意无意地污染学生。教育影响学生的真正力量往往不是口头的说教，更多的是隐含于深层的人格力量。好习惯往往是由有好习惯的人带出来的，教师的人格是照亮学生的光源，这种人格辐射力量，具有无为而治的功能，是一种心灵感应的震撼力量。

教师的人格辐射靠"真情"自然切入，学生接受教师的教育，不仅需要理智，更需要感情，只有教师的真情才能唤起学生的真情。学生由于亲师、向师，才能发现教师更多的优秀品质，在真情育人中生成的那种不尽的快乐，获取在教育别人中自我成长的自豪，享受帮人的幸福，品尝付出的舒畅，体会被同事羡慕的喜悦，在快乐、幸福的工作中形成自己的尊严。

教师的人格辐射靠"真诚"逐步深化。教育领域里有一个不争的事实，就是身教重于言教。身教，只有到了表里如一，到了"激情""大爱"和"真诚的自然融合"，完全是人格展现时，学生对教师的行为才会深信不疑，才会动心、动情、刻骨铭心，将教师作为自己崇拜的偶像。一个优秀的教师，他对人格的最好诠释就是要向自己的教育对象袒露自己的真心、真情和真诚，教师的人格一旦照亮学生，就会形成一种真爱融融、其乐融融、真情荡漾、正气凛然的软环境，形成一个极具文化味的"磁场"，产生无为而治的奇效。

希望大家从修炼师德，修炼能力，修炼业绩，修炼幸福着手，以人格凝聚人心，用精神引领发展，发挥好心灵感应的震撼力量。

抓学习，教师素质提高要上新台阶

有一句名言，叫"用知识武装起来的人是不可战胜的"。知识是通过怎么得来的？是通过学习。人要有风度，就必须要有知识，否则，就外强中干；人要有气质，就必须要有内涵，否则，是色厉内荏。我们是教师，职业特点要求我们必须学习。古人说，要教给别人一杯水的知识，自己必须有一桶水的知识储备，这讲的是居高临下的视角。而在新时代，这个要求对于教师来说就太低了。要教给学生一杯水的知识，自己必须拥有自来水般学习新知的能力，要源源不断地用知识的清泉浇灌学生的心田。教师不学习，知识就会老化，面对学生会手足无措。学专业知识，学相邻学科的知识，学教育理论，学教材教法，谁想一劳永逸，谁就永远做不了好教师。

我们目前面对的学生，都是90后出生的，他们对教师更挑剔，你要让学生心悦诚服地接受你的知识，你就得首先让学生赏心悦目地接纳你。因此我们必须通过学习来不断地充实自己，更新自己的观念，矫正自己的行为，完善自己的人格，提升自己的品位。

同志们，时间过得真快，辛苦了一年，到今天，才有了如释重负的感觉。我到这个环境工作，今天已有一百零三天，我每天都在反思自己做了什么，学校有什么变化。我多次和同志们说过，能在一起工作，是一种缘分。我们是有缘分的。

电视剧《乔家大院》的主题歌《远情》，我非常欣赏。理由是它能勾起我对人生无限的遐想。其中有这样一句歌词："繁华瞬间，似梦幻一场，世上人又几番空忙。"这使人思绪万千，浮想联翩。是的，从结果上讲，再忙的人最终都是空忙，无论是干什么的，不管是值得大书特书的惊涛骇浪，还是让人低回流连的美丽浪花，或者是浪花裹挟下的一团泡沫，你都会被委弃于荒滩沙丘，如一粒粒尘埃，无声无息。终有一天，都得走向同一个地方，这叫殊途同归。

但是，我们更要看重过程。

当教师难，当校长更难。有时身不由己，有时无可奈何！多年的教育实践证明，进入这个环境，要活得有滋有味、有眉有眼，关键要靠自己。因此，在谋划决策及实施的过程中，必须先人一步，快人一拍，高人一筹；必须凝心

聚力，一鼓作气，只有这样，才能始终掌握发展的主动权。我相信，在新的一年里，只要我们从大局出发，树立正确的荣辱观，一丝不苟地做好本职工作，两三年后，北街实验学校肯定会发生质的变化，到那个时候，呈现在大家面前的一定是一所人气旺盛、环境优美、校容整洁、工作有序、上下和谐、充满生机的陇上名校！

2013.1.1

学校是我们共同的家

本学期我们的工作任务很重，但是我们必须坚信，任何时候，办法总比困难多。我们一定要充满信心。教育是立足于当下，着眼于未来的，只有心存高远的人，未来的路才会走很远很远。

我们学校的发展，无论哪一方面，都存在着明显的先天不足，大家的精神生活非常贫乏，加之受社会风气影响，人们生存的成本普遍增大。道德诚信缺失，精神田园荒芜。我们常看到或听到父子反目成仇，兄弟大打出手，夫妻分道扬镳，同事形同路人，朋友恩断义绝。除正常工作以外，我们的心都很累。

我认为，一所好学校无论什么时候，都应该是教师的避风港，就像一个家，是一个温馨的地方，是一个让人感到安全、舒坦，才华得以展现，精神获得归宿的家。而校长就是这个家的缔造者和建设者，校长的品质决定这个家拥有的品质特点。

◇ 心园絮语 ◇

做校长的日子每一天都是新的，常用"新"的阳光心态去迎接每一天的挑战。

希望大家能够认同我的看法，用心经营好我们共同的家。

2013.3.1

学会创造并体验职业幸福

区上的督导，是教育行政部门的一项常规工作。我们的一切并不是为督导而做，不督导也要做，通过这次督导评估，我们的各项工作都要上一个新台阶！当然，督导从形式上来讲，是别人看我们，因此，我们必须展示自己最精彩的一面，也就是得意之作和奋进之笔。

下面我再讲两点要求：

一、在工作中历练，在实践中成熟

第二周我们召开了教学工作推进会，引起了比较大的震动。全校上下焕发出了新的生机，有责任心、有事业心、有正确荣辱观的同志，受到了鞭策，受到了鼓励，争先恐后，你追我赶，局面喜人，这就是我们的阶段性目标。当然也有个别同志，思想上表现得极不成熟，自己的成绩落到了后面，不找差距，到处品头论足、说三道四。这就使我想到了当今社会中很怪的一个现象：让一个人做什么都容易，但想让他脸红就难上加难了！我们的政策是试行的，修改的空间很大，执行政策的过程中，也有许多失之公平的地方，这需要进一步完善。但是我们必须认识到制定政策的初衷并没有错。

123

什么是成熟？成熟就是要不断地粉碎自己不切实际的梦。成熟的标志不是会说大道理，而是能理解自己身边的小事情。作为校长，面对每一位教师，欣赏的不是成熟，而是走向成熟的过程。

我们每天都在做最琐碎的事情，琐碎事也能做好，甚至做得有滋有味。有人说，成功的人不外乎两种，一种是傻子，一种是疯子，傻子善于忍受，疯子善于行动。总书记提出了"中国梦"，那就是国家强盛、民族复兴、人民幸福。我们也有我们的梦想，谁都知道，所有的梦想都是美的，但是只有梦想没有行动，梦想就会成为妄想。

这就是我最近给教学楼里面写的一句话，"只有行动没有心动，行动将变得苍白无力，只有心动没有行动，心动将变成一声叹息。"

我们一定要从现在做起，使自己思想成熟、业务精湛、工作扎实、自身和谐、表里如一，在学生和同事面前，树立一种全新的美好的形象。因为人不是一定要美，而是要有内蕴，要有意思，做人做事都要有意思，光有美是没用的，美要加上滋味加上开心，才是美满的人生。

二、明确角色定位，体验职业幸福

一位名校校长说过，学校应该成为教师充分展示他们才华的舞台，学校应该成为教师专业发展的良好空间，学校应该成为教师获得幸福生活的家园。

我经常在思考这些问题，从大的方面讲，教师的角色定位很清楚，一是带课，二是带班，即教书育人。但从具体的细节上讲，几乎有说不完的内容，概括地讲，对于班主任，我的理解是他们是这个社会中典型的"痛并快乐着"的践行者。优秀的班主任，像太阳，照到哪里哪里亮；平庸的班主任像月亮，初一十五不一样。优秀是一种习惯，卓越是一种品质，优秀的人，其优秀随处可见。送给班主任两句话，要带好班，要"感性地引导学生，理性地的处理问题"。

对任课教师来说，我们要清楚地认识到，师生成长是教育中根本追求和终极目标。我们所推行的课改，就是让学生在自主体验中学习，在感悟中成长，在实践探索中建构，从而享受学习成长的乐趣。在这个过程中，教师和学生要结成"学习共同体"。

再有几天就是清明节了，春暖花开，学校初步打算组织部分一线教师赴安徽铜都双语学校等一些课改搞得比较好的学校学习取经，这是帮助教师成长的实实在在的举措。随后，我们还将选派一些教师到国内一些知名学府学习进修，给他们充电，让他们提升，进而形成名师和品牌的带动作用。著名教育专家李镇西曾经问上海建平中学程红兵校长："当校长最多的时候是在做什么？"程校长说，我相当多的时间都在听老师们诉说，虽然耗去了我大量时间，但我想，校长嘛，就是听老师使唤的！

我认为，对一个学校来说，校长是魂，是教师的主心骨；教师是体，是校长实现教育理念的天使。校长如果高高在上，脱离了教师，游离于教师之外，学校就会魂不附体，久而久之，百病缠身，不堪一击。这就是我自己的角色定位。

认清了角色，摆正了位置，明确了职责，接下来就需要我们勤奋工作，在熟悉的校园里且行且歌，用勤劳与智慧培养学生，成就教师，发展学校。有一大群"长不大"的孩子陪伴着，如此慢慢变老，对我们来说是何等幸福与快乐。

2013.4.1

我们不能做"井底之蛙"

由于多种因素的巧合，四月份的假日很多，有法定的假日，有因我们自己的工作需要而调剂的假日，无论怎么样，我们必须保证基本的授课时间，保证各项活动如期举行。

根据学校安排，报区教育局同意，经区政府批准，区纪委监察局备案，4月18日，我们将组织部分骨干教师赴安徽铜陵、江苏南京学习考察，这是学校在加大教师培训力度，开展对外交流方面走出的第一步。今后，此类活动要逐步制度化、常态化。安徽铜都双语学校是中国新课改的"桥头堡"，该校的校长汪兴益曾到庆阳作报告，我们听过他的报告。听归听，我们为什么不到他家里去看看呢？南京师大附属小学是国内一流的学校，我们为什么不到这个校园里去走走呢？我认为，站得高才能看得远，看得远才能做得好。看一样东西，如果不能跳出固定的常规的圈子，不能触及灵魂，不会有耳目一新的感觉，要提高自己那就是一句实实在在的空话，因为天远远不止于井口那么大。当然，要按理想的去做，我们的成本很大，一次学习，交十五万的学费，做这样的决定需要眼光，更需要魄力。

还是那句老话，我们并不富裕，但是钱花在同志们身上，花在北校的发展上，哪怕节衣缩食，也值！

去年9月28号下午，我在就职时，根据会议安排，同样在这个地方，有过一个简短的发言，有一句很核心的话就是"我将竭尽全力，在搞好校园安全的前提下，一手抓教学质量的提高，一手抓教职工生活的改善，力争在我的任期内使北校的各项工作能够再上一个新台阶，向家长，向社会，向组织交一份满意的答卷"。

从第一天正式上班开始，我就一步步履行着自己的承诺。

当领导基本的素质就是言必行，行必果。如果只许愿，开空头支票，就等于吐出来又咽回去，谁都恶心！

我每天要做的事情非常多，但概括起来只有三件：关注课堂，研究学生，善待教师。希望大家相互尊重，把我们本职工作做好。

时间过得真快，我们一定要从当下抓起，抓学生安全教育，抓良好行为习惯的养成，更要抓好自身学习，抓好课程改革，让我们每天都在忙碌而充实中度过！人的一生非常短暂，相对于宇宙万物，个体生命显得是那么渺小。人生有千百种滋味，品尝到最后，都只留下一种滋味，那就是无奈。生命中的一切花朵都会凋谢，一切凋谢都不可挽回，对此我们只好接受。我们不得不把人生的一切缺憾连同人生一起接受下来，认识到这一点，我们心中就会产生一种坦然。

正在进行的时间，也就是不断地和我们擦肩而过的时间，似乎是最珍贵的，也是最有魅力的，它可以使梦想变成现实，也可以使现实变成梦想。

我们每时每刻都听得见时间有条不紊的脚步声。婴儿的啼哭、孩童的欢笑、情侣的拥吻、中年人鬓边的白发、老年人额头的皱纹，都是时间的旋律；幼芽的萌发、花蕾的绽放、落叶的飘动、早晨烂漫的云霞、黄昏迷人的夕照，都是时间的呼吸。

面对时间，有惊喜，也有无奈。成功者在时间的浪峰上喜庆时，失落无助的人正在时间的脚步声中叹息……

抓好当下，珍惜时间，就是爱事业，爱生活，爱生命，爱人。我们应该

明白，我们北校的每一名教师，是再平凡不过的了，但是我们没有理由被人瞧不起，我们必须有尊严地活着，要有面子地和同行在同一领域内相处。因此，我们不仅要善待自己，我们还要对未来充满期待。

有所期待的人生，总是美好的……

2013.4.17

快乐就在身边

本学期的时间即将过半，一切都在按照我们的计划有序地进行。为了使我们今后的各项工作都能做得有声有色，为了使我们在回头望时不至于愧疚和自责，我再讲两方面的要求。

一、降低快乐成本

快乐不是一种性格而是一种能力。静下来的时候，我忽然觉得人不是靠心情活着，而是靠心态活着。心态好了，你眼中的世界原来如此简单。从4月18号开始，我们组织了部分骨干教师外出学习观光，尽管时间安排得十分紧张，但是从大家的反映来看，普遍认为很好。安排这次活动的初衷是让同志们开开眼界，放松心情。学习间隙，旅游观光，见见世面。在黄山之巅，置身于茫茫云海，你想到了什么？在铜都双语学校，在南京行知学校，听到了两位校长富有激情的演讲报告，看到了花园般的校园，你难道不觉得很惬意、很开心、很快乐？

我们要学会快乐，我们要在自己简单的生活中寻找快乐，要降低快乐的成本！事实上，春天不是季节而是心境，云水不是景色而是襟怀，日出不是早晨而是朝气，风雨不是天象而是锤炼，生命不是躯体而是心性，人生不是岁月而是永恒。

二、忠实于梦想

我认为理想化的理想就是梦想。我们一定要把当下的事情做好。我们还要有理想、有梦想，脚踏实地，从今天做起，就是忠实于自己的梦想。

我们的学校，是区内较大的一所九年一贯制学校，由于历史原因，有明显的先天不足。为了走出困境，学校出台了一系列相关政策，同志们做了大量的努力，目前已呈现出良好的发展态势。但是，我们始终不能放弃对更高目标的追求，要树立忧患意识。

我有一个基本的观点：今天能做的，绝对不拖到明天。计划出台后，马上实施。因为，多少事实证明，人一生中，等待太久得来的东西，多半已不是当初自己想要的样子。希望大家在每一天的工作和生活中，一定要有自己的"北校梦"！

一位日本老妪，在99岁生日的时候，出版了她的诗集。在诗歌衰落的日本引起了极大的震动，销售量突破了23万册，在国内创下了奇迹。

她的诗歌，近于白话，简短易懂，但充满了彩色的梦想，字里行间有一种难以言传的朝气。

她在一首诗中写道："就算是九十岁/也要恋爱呀/看似在做梦/我的心已经飞上云端。"一个白发苍苍的老妪的诗会有那么多的人喜欢，或许就是因为她心里永远保持着纯真和浪漫，这是命运赐予追梦人的最崇高的现实享受。而这样的心境有的人或许一辈子都体会不到。

梦想成就人生。一个人有了梦想，活着才觉得有意义、有趣味。一个忠实于梦想的追求者，不知道什么是老之将至。梦想是与岁月的较量，只要有梦想，就能征服岁月。否则，历经沧桑的近百岁老妪，怎能写出青春少女情怀的诗歌？她虽不能拒绝岁月的流逝，却拥有了超越岁月的青春。希望大家忠实于自己的梦想，在充实而快乐中度过今天。因为，在人的一生中，任何一个今天，都是你生命中最年轻的一天。

2013.4.24

做一个有修养的教师

修养有一个基本的定义就是指养成的正确的待人处事的态度。

教师的修养与师德师风建设密不可分。教师的职业是教书育人，要为人师表，修养就至关重要。修养是一个人的内涵，修养是一个人为人处事的态度的综合表现。具体说来，主要有以下几个方面：

一、守时

无论是开会、赴约，有修养的人从不迟到。他们懂得，即使是无意迟到，对其他准时到场的人来说，也是不尊重的。

二、信守诺言

即使遇到某种困难也不食言。自己讲出来的话，要竭尽全力去完成。身体力行是最好的诺言。

三、关怀他人

不论在何时何地，对妇女儿童及上了年纪的老人，总是表示出关怀并给予最大的照顾和方便。

四、大度

与人相处胸襟开阔，不会为一点小事情和朋友、同事闹意见，甚至断绝往来。

五、态度和蔼

在同别人谈话时保持注意力集中，而不是翻东西，看书报，心不在焉，显出一副无所谓的样子。

六、富有同情心

在他人遇到某种不幸时尽量给予同情和支持。

一个人一定要有风度，要有修养，要有内涵，要有底蕴。一个男人可以丑，但不能丑陋；一个女人可以不漂亮，但不能不善良，不能不通情达理。我们一定要在提高自身修养上下功夫。教师的职业是从事育人的事业，很崇高。教师职业的特点是重复性强，所以又很单调。许多同志长时间进入不了角色，觉得进错了门，或者怀才不遇。我们的生源差，在工作中和城区同类学校的教师比，付出了更多的努力，有时还没有好结果，对实现个人的职业理想而言总有一种遗憾和残缺的感觉。其实，我们不要有太多的抱怨，只要尽心了，就会有成就感。

2013.5.13

学校管理中也应该讲"格局"

盛夏时节，阴雨连绵。下雨天，留客天。但是，无论如何，也留不住我

们匆匆前行的脚步。2012—2013学年度第二学期的工作今天已经圆满的结束。放下一身的疲惫，回望走过的脚印，我们深感欣慰。

学校在任何时候，都是以提高教育教学质量为己任。在过去的一年里，我们全校上下为此付出了艰辛的努力。教学工作、政教工作、总务后勤工作开展得紧张有序，取得了一定的成绩。有各类数字统计为据，有我们看到的事实为据，有我们亲身感受到的变化为据。微观上的事例，我不打算再罗列。我认为，我们主要的成绩有：

一、正确地把握并坚持了以人为本的师本原则

创新的时代需要创新的人才，创新的人才需要创新型的教师，创新型的教师的成长需要创新的管理。王国维的《人间词话》这样开篇："词以境界为上。有境界，则自成高格，自有名句。"推及校长工作，即以促进教育和学校发展为上。教育发展，则自出优质，自有真学校，我们的教师和学生才能真正受益。一年来，我们坚持以人为本的原则，即师本管理原则，把教师当作学校办学的根本，各项制度的出台，都是以重视教师发展为出发点，以实现教师与学校的共同成长为落脚点。自始至终，以教师为本位，把尊重教师、信任教师、培养教师、发展教师作为根本目的及终极目标的学校管理理念和管理模式已基本形成。

二、全面地践行并渗透了教育是对生命的关怀

无论教育如何变化，有一点是永远无法改变的，那就是：人是教育的主体，教育必须以人归依。本学年，特别是本学期以来，我们以课改为抓手，全面推进素质教育。课堂教学生龙活虎，二课活动异彩纷呈，作为活生生的人，学生的个性及艺术天赋得到了充分的张扬和展示。在第六轮全区教育督导工作中，我们所取得的成绩得到了督导组中肯的评价。

我们认为，教育是人的教育，教育必须目中有人。正如苏霍姆林斯基所

言，在教师的劳动中，最核心的是把应当引导学生成人作为第一要务。以发展人性、培养人格、改善人生为根本目的，最大程度促进学生人性美好，人格健全，人生幸福。这是教育的价值所在，也是教育的本质所在。目中无人的教育，不仅不人道，容易使教育走向自己的对立面，甚至还可以使教育失去存在的意义！

三、适时地引导并唤醒了教师树立责任意识的职业自觉

在学校管理中，由于各校的历史积淀、文化背景、社会基础不同，管理学校的模式任何时候都不能千篇一律。但总的说来，普遍性的现象是三流的学校靠校长，二流的学校靠制度，一流的学校靠文化。

一年来，在教师队伍的管理上，我们首先是管理理念的渗透，其次才是课改的推动。就我本人而言，以给教师搞好服务为前提，不失时机地沟通、开导、引领，让庸者在自责中奋起，让能者在自信中超越。我们认为，走进校园，文化应该是影子，而不是镜子。从呼吸的气息到一草一木，一生一师的呈现，都应该拥有文化的影子。在这里没有外界过多的包装，没有做作，就是一种自然的生成。这种生成，不是一时的一个点子，不是一时的一种冲动，而是在耐力的行为中、动力的积淀中，逐步形成。我们只有坚持学校发展的战略思维，讲规律、重品位、谋全局、顾长远、抓根本，使文化形成一种自觉行为的向心力，教师才能消除职业倦怠，形成学校发展的大智慧。我们通过典型引路、榜样示范，教师队伍中已逐步形成了比、学、赶、帮、超的良好风气，教风、学风出现了明显的好转。

当然，我们的工作中存在的问题也不容忽视。学生基础差、教师忧患意识淡薄、教学质量压力大，所有这些我们在今后的工作中要下实手着力加以解决。

古人说："人生天地之间，如白驹过隙，忽然而已。"相对于个体生命

守望心田

来说，时间是一片沙漠，每个人都在沙漠里跋涉，如果不骑上希望的骆驼，岁月的黄沙就会把你淹没。

时不我待！

目前，我校的青年教师在教师队伍中的比重很大。他们是学校发展的希望所在。列宁说谁拥有了青年，谁就拥有了未来。我们只有抓好青年教师的培养和提高，学校才能实现可持续发展！

青年教师要和其他教师一样，自重、自爱、自信、自立，还要做到以下几点：

定位要高，起点要低，每天进步多一点。

怀揣梦想，心有激情，每天快乐多一点。

学思结合，合作共进，教学钻研多一点。

理想在先，课标为纲，上课花样多一点。

对一个人来说，高雅不是名分装扮出来的，是心气的结晶；气质不是地位随之而有的，是胸怀的外衣；魅力不是权财堆砌出来的，是才智的内涵；资质不是表面伪装出来的，是阅历的沉淀。

优于别人，并不高贵，真正的高贵是优于过去的自己。我们要用实际行动使自己、使我们的学校每天都有进步。

本学期、本学年的工作就要告一段落了，我们就要说再见了。

徐志摩说："一生至少应该有一次，为了某个人而忘了自己，不求有结果，不求同行，不求曾经拥有，甚至不求你爱我，只求在我最美的年华里，遇见你。"

北街实验学校建校二十四年了，质量提升负重爬坡，校园建设百废待兴。这里是我们人生的一个重要驿站，我们相遇在一起，同舟共济，不求回报，只希望将来在我们离开这里的时候，能留存一段美好的回忆！

2013.7.12

◇ 心园絮语 ◇

队伍建设要常抓不懈

学校工作要避免出现"木桶效应"

木桶效应是指一只木桶想盛满水，必须每块木板都一样平齐且无破损，如果这只桶的木板中有一块不齐或者某块木板有破洞，这只桶就无法盛满水。也就是说，一只木桶能盛多少水，并不取决于最长的那块木板，而是取决于最短的那块木板。因此，木桶效应也叫"短板效应"。

目前，我们的教师队伍，整体素质比较好。一部分同志表现非常优秀，工作扎实，成绩突出，从不叫苦叫累，深受学生爱戴和家长好评。但还有极个别同志，意志消沉，工作懈怠，丧失了进取心。主要表现是平时不学习，上课囫囵吞枣，云天雾地；随意请假，不说理由随意缺课；管理学生方法生硬；在公共场合不注重个人形象，学生和家长十分反感。有些同志以为自己年轻，评职称无望，一开始就混日子，误人子弟；有些同志认为荣誉已到手，职称已到位，工作急流直下，和几年前判若两人，处处都开始向标准最低的人看齐；有些同志认为自己已是船到码头车到站，一步也不想走了。凡此种种，都是我们教师队伍中目前存在的实实在在的问题，成为我们这只大木桶上的短板。给教学工作、管理工作造成极大的麻烦！

学生对教师的评价，会随着年龄的增长，越来越客观，越来越中肯。一个好教师会让学生终生难忘，一个不称职的教师会给一班乃至一级学生造成损失，也能使当事者刻骨铭心。是短板的，希望能够自醒，工作上向标准最高的同志看齐。全校上下都在抓质量，树形象，不要因为自己而使大多数人功亏一篑。

教师要毫不含糊地坚持自己的职业操守

操守就是平时的行为品德。教师的职业操守就是不带任何私心杂念地去教书育人。我们的校园里有两块非常醒目的宣传牌，一个是《中小学教师职业道德规范》（共八条），一个是《西峰区教职工十大禁令》（共十条）。大家好好去看一看，逐条检查对照，这十条内容有交叉重复的地方。讲得很具体，但绝对不是"世界纪录"，它是对一个教师最基本的要求。如果连这些都做不到，我们还有资格进校门、上讲台吗？

操守问题，本质上是一个人的信念问题。无论哪种原因使我们当了教师，一旦入了这个行，我们就要对自己负责。历史上有"诛灭十族"的故事，赞美的就是为信念、为操守视死如归、大义凛然的传奇人物。

明建文帝（朱标之子，朱允文）即位以后，将曾做过自己老师的方孝孺招至南京，委以翰林侍讲学士之职。方孝孺对建文帝赤胆忠心，全力扶持。燕王朱棣谋反攻下南京之后得大明皇位，迫令方孝孺为他起草继位诏书。方孝孺反对朱棣篡权，宁死不从，最后被诛灭十族。共杀873人，行刑达710次。方孝孺是大儒宋濂的弟子，他有浓厚的忠君思想，但就以死维护他的信仰，坚持他的操守这一点而言，是千古第一人。

希望同志们能正确面对学生，维护学校利益，始终明白"把学生教成什么样的人，教师就必须是什么样的人"的道理。教师应顾及个人形象，经常换位思考，无论怎么样，总不能让家长、让学生戳我们的脊梁。

我经常在思考，人到底是活得清醒点好，还是糊涂点好？今天是愚人节，谁愿意被人愚弄呢？谁又愿意心存恶意去愚弄一个无辜的人呢？

我们在大事上必须清醒。我们任何时候都应该有受人尊重的需要。时间抓住了就是黄金，虚度了就是流水；书看了就是知识，没看就是废纸；理想，努力了才叫梦想，放弃了那只是妄想。人生有两种境界，一种痛而不言，一种笑而不语。我们的工作周而复始，平淡如水，但同志们必须坚守底线，不管能力大小，干啥一定要像啥。走直路的人很聪明，他节省了许多时间；走弯路的人很睿智，他多看了几道风景。

2014.4.1

境界是很重要的

2013—2014学年度的工作，今天已圆满结束。这一学期的工作总体印象是：发展趋势向好，细节问题不少；质量压力依然很大，队伍建设迫在眉睫。针对存在的问题，我想对大家今后的工作学习和生活讲三点希望。

一、营造有利于自身成长的学习氛围

我们的职业是教人学习助人成长的。目前，基础教育阶段的教学改革，如火如荼，许多新的思想、新的理论如雨后春笋，如果放松了学习，我们很快就会落伍。我们的队伍中，有学习意识，并能付诸实践的人不是很多。知识老化、方法陈旧的问题相当普遍。我认为，一个不学习的人，永远走不到别人前面。

学习，难也简单，处处留心皆学问。我们要学习专业知识，学习相邻学科的知识，要学习教学法，要学习教学论。要有看书的爱好，要有做笔记的习惯。有了丰富的知识储备，有了灵活的教学方法，在课堂上才能居高临下，游刃有余。教者妙趣横生，学者兴味盎然。我们许多课，教师上起来吃力，学生听起来乏味，一个根本原因就是教师情商不高，知识保有量太少。自己知道的讲不生动，能变生动的自己却不知道。有一部分人认为教小学生，教初中生不需要太渊博的知识，就事论事，能把课本弄清楚就足够了。从现象上看，确实是这样，上初中课不需要拿高中教材。其实这是大错特错的，我们走的路现在越修越宽，步行的人只占了一脚宽的面积，但如果把路直接修成一脚宽，百分之百的人都要摔跤，就是这个道理！

要成为一个优秀的教师必须养成良好的学习习惯，向书本学习，向身边的人学习。丰富的知识，不光能使我们把本职工作干好，也能降低我们做人的成本，提升我们的生活品位。谈笑有鸿儒，往来无白丁，这是多少人向往的境界。希望大家都能养成学习的习惯，多读一些有用的书。古人说："腹有诗书气自华。"男人多读书就减少了霸气、傲气和燥气，多了一些儒气、灵气和英气。爱读书的男人谦逊平和温文尔雅，在生活的每一个细节里都会展现睿智。女人多读书就少了俗气、娇气和怨气，多了一些大气、秀气和锐气。书是女人最好的美容佳品，淡妆素面却格外引人注目，爱读书的女人走到哪里都是一道美丽的风景。总之有了良好的学习氛围，总有一天我们就会感受到岁月多了一份豁达和清雅。

二、创建能相互传递正能量的朋友圈子

庆历三年（1043年），范仲淹、富弼、韩琦等同时执政，推行政治改革，史称"庆历新政"。朝廷内部的保守派强烈反对新政，以"朋党"之名诬陷范仲淹、富弼等人。欧阳修是新政的积极支持者。他写了著名的奏章《朋党论》。其中有这样的句子："臣闻朋党之说，自古有之，惟幸人君辨其君子、小人而已。大凡君子与君子以同道为朋，小人与小人以同利为朋，此自然之理也。"我们的朋友圈还上升不到君子与小人的高度，但有一点大家必须清楚，我们能交的朋友，必须相互间能够传递正能量。

物以类聚，人以群分。在现实生活中，你和谁在一起确实很重要，甚至能改变你的成长轨迹，决定你的人生成败。

和勤奋的人在一起你不会懒惰；和积极的人在一起，你不会消沉；和高雅的人在一起，你不会低俗；和胸襟开阔的人在一起，你不会斤斤计较。和什么样的人在一起，就会有什么样的人生。

我们无论在学习、工作还是生活方面，都有自己的朋友圈子，我们要学会帮助别人，同时，也要把从别人那里吸取的能量变成自己前进的动力。

有个别同志，心里阴暗面比较多，思想偏激、行为懒散。自己落后，却看不惯先进，他的朋友圈子里，不求上进的人居多，这非常危险。希望我们都能以同道为朋，相互激励、相互帮助。其实世上的风景本无好坏，重要的是取决于和你一起赏风景的人。

三、培养一种轻松淡定的生活态度

莫言说，现在的社会就是贫困者追求富贵，富贵者追求享乐和刺激。在我们的周围，能静下心来生活的人少之又少。浮躁成为社会的主流情绪。概括地讲就是"三多三少"：电话越来越多，实话越来越少；食品越来越多，食欲越来越少；熟人越来越多，朋友越来越少。其实，我们都是普通人，还是过简单的生活好。认真地做好眼前的事，活在当下，才是全身心投入人生的最佳生活方式，才是一种最真实的生活态度。

我们的工作很单调，生活的圈子很小，时间长了，就是职业倦怠。大家一定要增强自我调节能力。把每天的事情干好，不攀比，不好高骛远。你简单，世界就简单，幸福才会生长；心自由，生活就自由，到哪都有快乐！

喧闹的是世界，宁静的是心灵。我们要有轻松淡定的生活态度。平淡的日子最美，平淡的日子最真。平淡，并不是无所作为，我们任何时候都要有

自己的追求。你可以一辈子不登山，但你心中一定要有座山，它使你总往高处爬，它使你总有个奋斗的方向，它使你任何一刻抬起头，都能看到自己的希望！

2014.7.11

抓质量要多措并举

从本月开始，我们要进一步严抓细管，责任到人。特别是要腾出主要精力，把教学工作放在突出的位置。

一、广泛使用多媒体教学手段

我们要利用现有的教育资源，利用互联网的优势，丰富课堂教学内涵，让学生动起来，使课堂活起来。

二、加强教学督查工作

要组织全校性的观摩教学、示范教学，开展推门听课活动，使青年教师肩上有担子，中老年教师心头有责任，进一步加强教师队伍建设步伐。

三、开展校际合作，扩大对外交流，走开放式办学的路子

总之，我们要学会统筹兼顾。既要紧张有序，又要轻松自在。

两年前的今天，同样是在这个地方，我们召开了第一次职工大会。当时，对自己接手的这个摊子，头脑一片空白。两年来的合作共事，使我基本上了解了北校师生的生存状况，校园生态和风土人情。总体印象是这里的人不错，但生活得很辛苦。两年来，我们共同努力，一切都在开始变化。

希望同志们能一如既往地做好本职工作，并能随时发现自身的不足，扬长避短。也希望大家能乐观地面对生活，多一份悠闲和淡定。悠闲与时间无关，悠闲是内心的一种发现，悠闲是生活的一种乐趣，悠闲是生命的一种节奏。忙而不乱，是一种境界！

2014.10.8

情商比智商更重要

我们要不断地完善自己。

一、学会反省

古人说："吾日三省吾身——为人谋而不忠乎？与朋友交而不信乎？传不习乎？"它的意思是：我每天多次反省自己——替人家谋虑是否不够尽心？和朋友交往是否不够诚信？传授的学业是否不曾复习？

"三省吾身"是多次的反省自己。

一个人若没学会反省，就会认为自己永远都没有错，遇到挫折和障碍就将责任怪罪到他人身上。

人都是在不断反思中才能日趋成熟，在不断反思中才能变得豁达和淡定。

我们的生活有了挫折，我们的工作出现了差错，反思了，自省了，下次就会接近完美，或者说同样的错误就不至于犯第二次。

班级没管好，学生养成教育抓不上去，问题出在哪里？所教科目的人均成绩很低，不足满分的三分之一，作为任课教师，要搞试卷分析，要反思自己在教学中是不是花了很大的气力。课备得怎么样？课上得怎么样？作业训练的强度怎么样？课后辅导怎么样？反省了，采取措施了，才会有转机。否则，一味地怨学生差，总认为自己种瓜得豆，这种由错误的认识导致的不平衡的心理，会使自己的内心难以有片刻的宁静。

二、学会欣赏

我们的集体中，有二百多号人。各人的能力不同、性格不同、经济条件不同、家庭背景不同、文化水平不同，致使我们生活的这个小社会，千姿百态、异彩纷呈。人人都有长处，个个都有亮点。我们必须学会欣赏别人。

欣赏别人的生活，欣赏别人的工作，欣赏别人过日子。人无完人，但优秀的人，总会对我们的工作、生活具有引领作用。

在我们的校园里，总有人心态阳光，生活积极向上；总有人严谨守纪，工作雷厉风行；总有人热爱学习，为人乐观豁达；总有人知书达理，处事平和有度；总有人潜心事业，成绩出类拔萃。所有这些人都会在不同的方面给我们以启发和帮助。

会欣赏人是一种习惯，一种能力，一种品质，只有不断地欣赏别人，才能循序渐进地提升自己。

三、学会算账

首先算荣誉账。教师的工作性质很特殊，面对的是学生个体，他的产品就是学生。学生的成才率，就是产品的合格率。教师的一言一行，从劳动过程到劳动结果都有人评说。

荣誉是一个人的第二生命。一个优秀的教师总会受到学生的尊重和爱戴。相反，一个碌碌无为的教师给学生造成的消极影响是几十年都消除不了的。干也是一天，混也是一天，我们就为什么不把自己最精彩的一面留给学生呢？为什么总要随意地把自己的荣誉廉价地出让了呢？

其次是算年龄账。《论语》中有这样的句子："吾十有五而志于学，三十而立，四十而不惑，五十而知天命，六十而耳顺，七十而从心所欲。"相对于无限的宇宙，人的生命是非常短暂的。不同的年龄阶段，我们该做些什么呢？面对同一事业，同样的工作，我们又在做什么呢？

我们要经常算年龄账。年轻人，要惜时如金，在人生最美好的时间做些有意义的事情，要发愤学习，增加知识积累，要谦虚谨慎，历练做人的艺术。中年同志要明白你的责任就是你的方向，你的经历就是你的资本，你的性格就是你的命运。对男人而言，这个年龄段，工作已不再只为了养家糊口。如果你还把工作当职业，做一天和尚撞一天钟，每天重复着昨天的故事，你的工作就会索然无味。只有把工作当作事业，你才会对工作始终保持热情，充满感情，怀有激情，才能尽心尽力尽责，才会感到充实，并快乐着。作为女人，在这个年龄更要懂得珍爱自己，因为这时作为一个社会的人你的角色太重要了，多少人在关注你。如果生活懒懒散散，工作稀里糊涂，你的形象就要大打折扣了。或者说别人对你的评价可能就永远定格在这个时期了。步入中年的女同志，请你们记住，女人有四样东西不能少：扬在脸上的自信，长在心底的善良，融进血里的骨气，刻进命里的坚强。老年同志要清醒地认识到，岁月已把我们推到了人生的午后，"老牛自知夕阳短，不用扬鞭自奋蹄。"

年龄账不算不知道，一算就吓一跳。人生的每分每秒都那么的弥足珍贵。不要以为时间还早，不要以为自己年纪还小，不要以为过了今天还有明天，过了明天还有后天，其实，每个人都不知道死亡和明天哪一个会先来！

当然，人生有许多无奈，有的人终生难忘却与家庭无关，有的情刻骨铭心却与婚姻无缘，有的事倾注了毕生心血，却并非自己所愿。这就是自然法则。

希望同志们在新的一年里常反省，会欣赏，勤算账，要赢得别人的尊重。我们不求事事如意，因为事事如意的人也会在永恒的幸福中感到寂寞！

2015.1.14

教师要维护好自己的职业尊严

一学期的时间即将过半，工作千头万绪，"五一"前后的活动比较集中，随后又面临小学和初中两个年级的相继毕业，为了确保中心工作不放松，我们有必要再次重申工作纪律和工作要求。

一、要始终走在学生前面

前一段时间，区教育局抽查教师到岗及上课情况。我们有十多人没有按时签到。教师的迟到早退一经公示，对学生有非常大的负面影响。其身正，不令则行，其身不正，虽令不行。学生是未成年人，教师的言行对其有很大的示范性。生活懒散的教师是带不好班，也教不好课的，在学生管理中是很难有权威性的。

大家一定要从生活的小事做起，做到表里如一。人要精神，物要整洁。教研室一片狼藉，教室的卫生怎能干净呢？第四节课下课铃响的时候，任课教师已经下楼了，学生怎么能专心致志呢？教师一节课不停地接打手机，怎么杜绝学生不在你的课堂上玩游戏呢？教师不修边幅，学生难免蓬头垢面。这都是最简单的道理，我们许多人都不懂。希望大家对同事、对家长、对学生始终怀有一颗敬畏之心。今天不小心迟到了，你马上要想到许多人在看你，明天就要尽量提前到校。我行我素，那不是健康人的心理。一个有能力管理别人的人不一定是一个最好的管理者，而只有管好自己的人才能成为最好的管理者。

二、始终把学习放在重要位置

人一旦对生活的本质有了更深的了解和认识之后，就会很容易克服工学矛盾、工体矛盾上存在的一些似是而非的认识偏差。学习不是工作的障碍，也不是生活的包袱。

学习理应成为一种更高品质的生活方式。

良好的生活方式，即是一个良好的行为习惯。好的习惯不但能够成就自己，而且还能够影响和成就学生。

要善于运用多种学习方式来提升自我。

向书本学习，向他人学习，向实践学习。关于教师的专业提升问题，近几年被提到了前所未有的高度。教育改革日新月异，为了适应这一要求，从上到下都在抓学习。可实际情况怎么样呢？我个人认为，许多时候都是疲于应付。我们目前在专业发展上，可学的东西太多了，去年全校搞了个多媒体课件制作比赛，许多人不会用。本学期前半期搞了几十节过关课，个别同志为一节课练了多少天，还有临阵冷场的现象。这还算是好的，起码还在学。毛泽东同志曾指出："读书是学习，使用是学习，而且是更重要的学习。"他曾号召"在战争中学习战争，在游泳中学习游泳"。在这个学习化的时代，"学中干，干中学"依然是管用的，有效的，是快速应对时代瞬息万变和知识快速更新的唯一法宝。我校的多媒体教学设施已远远落后于教学实践的需要。最近教育局要给我们小学部安装30套电子白板，初中部已有13套和每级一套移动多媒体设施，可真正使用的人实在是太少，这必须引起我们的高度重视，在这一点上我们的教师是落伍了。所有的先进的教学设备，宁可用坏，也不能放坏。学习的根本目的和着眼点在于修己安人。孔子说："古之学者为己，今之学者为

人。"可见，孔子在当时所处的时代就已经敏锐地发现，以往的圣贤求学的目的在于修养自身的学问道德。而当下很多人用学习来装饰自己，向别人炫耀，是做给别人看的。孔子的这句话，直到今天依然直指人心。弄明白了学习的真正意义是什么，学习也将真正变成一种内在的精神和文化需求。为己而学，就是为了提高自己的修养，使自己内在的品质得到提高。"修己安人"告诉人们，若想支持和帮助别人，首先应该提升自身的修养，并身体力行地做出表率，在群体中树立权威，让人心悦诚服地效仿和追随。由此可见，"修己"是从事管理、教育的基础，安人则是管理、教育的目标。

三、要珍视这一份事业

真正的事业一定不是为了自己，你的起心动念决定了事业的高度。一滴水，如果滴在马路上很快就会干涸，而滴入大海，它将成为滋养生命的力量。我们一定要有集体荣誉感，要珍惜集体荣誉。临近退休的同志或多或少都有一种失落，这是人之常情，他们觉得离开了集体，生活又得重新设计。而许多年轻人，整天寻思着能早点退休，过上天不管地不收的生活。哪一种想法正确，到时候你就会知道。有目标的人感恩，没目标的人抱怨。有目标的人在奔跑，没目标的人在流浪。有目标的人睡不着，没目标的人睡不醒。

多少有点挫折就打退堂鼓，这是非常可怕的。生活如雨，请撑伞原谅！

2015.5.5

◇ 心园絮语 ◇

有所懂得，才有所值得

转眼间一年又过了半，2014至2015学年度的工作今天已全面结束，绝大多数同志该松一口气了。回顾一学期，一学年，甚至三年来的工作，总体感觉和社会对我们的评价一样，初中教学质量大幅度提高，并且守住了位次靠前的这一块阵地。教学工作是学校的中心工作，教学质量是学校的生命线。北校的质量较前有了提升，北校的教师都很体面。这种体面是应该的，因为我们在享受自己的劳动成果。尽管如此，我们必须保持清醒的头脑，在质量问题上我们的欠账还很大，小学部成绩在几次全区质量检测中位次靠后。初中部和全区一二名相比不可同日而语。因此我个人认为，当下对我们来说，找问题比谈成绩更重要，更迫切，更有利。杜牧在《阿房宫赋》一文中发出了这样的慨叹：

呜呼！灭六国者，六国也，非秦也；族秦者秦也，非天下也。嗟乎！使六国各爱其人，则足以拒秦；使秦复爱六国之人，则递三世可至万世而为君，谁得而族灭也？秦人不暇自哀，而后人哀之；后人哀之而不鉴之，亦使后人而复哀后人也。

大到国家小到单位和个人，最终决定自己走向的都是自己。北校近几年，在绝大多数同志的努力下打了翻身仗，但是我们的队伍中仍有极少数人意志消沉、观点偏激、吊儿郎当、自由散漫，心目中没有学校没有学生只有自己，不懂得基本的规矩，没有教师的样子，自己的教学成绩为自己的师德、工作表现、敬业精神做了很好的注解。这些问题必须引起我们的高度重视。学校

的质量提升制约因素很多，关键在校长，根子在教师。目前我们存在的主要问题是：

领导班子学习意识淡薄，管理水平不高。管理是一门科学，也是一门艺术。它需要管理者的智慧和魄力，更需要被管理者的配合和努力。现阶段教育成了热门话题，要学习的东西实在是太多太多，我们的领导班子没有形成良好的学习氛围、理论水平，政策水平普遍不高，开展工作不能居高临下，个人综合素养在日新月异的教育形势和方兴未艾的教学改革浪潮面前苍白无力。在一定程度上出现了知识老化、思想僵化、责任淡化、工作弱化的现象。目前我们的教学管理工作还停留在经验性的层面上做低层次的重复性的徘徊。以课程改革为例，我认为，尽管目前的形势是百花齐放，但无论怎样改，只有符合教育规律，符合学生认知规律和成长规律，课改才能成功。课堂教学不是哗众取宠，当下课堂花里胡哨的东西似乎越来越多。在披着创新的外衣下，不少教师并没有真正理解何为教学艺术，没有真正理解课堂文化，错把形式创新当成了教学本真，错把表演当成了艺术景观，取得了一时的热闹效果，但事后自己反思，似乎什么都没留下。课堂教学中，无论是自主学习、合作学习，还是探究性学习、反思性学习，归根到底是激发和碰撞出思想的火花，否则再多的花样也无济于事。

学校的管理者，如果不掌握教育心理学和学习心理学，不研究教学理论，就无从去指导和管理教学工作。九年义务教育阶段的学生管理，主要是养成教育。培养学生良好的习惯，要从一点一滴抓起，我们在学生管理工作中热冷不均，甚至是一曝十寒，头疼医头，脚疼医脚，只考虑治标，不研究如何治本。不针对不同年龄阶段学生的身心发展特点，去探索与之相适应的教育方法，学生违纪了，不是呵斥就是罚站——当然，在学生管理中必要的惩戒也是允许的——但我们不了解学生，不关爱学生，这些措施的效果是极其有限的，有时还能激起学生的逆反心理。目前我们的学生习惯极差，违纪现象时有发生，破坏公物司空见惯，与人交流粗话连篇，不讲环境卫生，不注重个人卫生，有的甚至是蓬头垢面，不堪入目。

只有爱学生才能管好学生，只有研究学生才能够知道怎样去管学生，这都需要不断地学习。

总务后勤工作十分重要。管理者既要有相应的专业知识，更要有政策水平，只有这样才能不断提高生财、理财的能力，才能做到未雨绸缪。

人们习惯上认为做领导基本的素质就是要能说能写，就是要有口才和肚才。我认为还有一点必须具备，那就是会思维。如果不具备这一点就会在工作中不懂程序，不会协调，遇到小问题，毛手毛脚，遇到大是非，稳不住阵脚，虽然疲于奔命，工作却打不开局面。

学校的领导班子是学校整体工作的顶层设计者，必须增强学习意识，提高文化素养。勤奋敬业，善于思考，在管理工作中才能举重若轻游刃有余。

教师队伍建设欠账较大，提升速度缓慢。没有高质量的教师队伍就没有高质量的学校。我校的教师队伍年龄跨度大，成分比较复杂，目前是高低不等，良莠不齐。尽管这支队伍的主流是好的，但其中的问题也不容忽视。

其身正，不令则行，其身不正，虽令不行。我们一少部分同志不讲职业道德，一举手，一投足不能成为学生的行为典范。

《论语》里面有"吾日三省吾身"的句子。人只有在不断地反思的过程中才能成长，我们许多人没有这个习惯。西北师大附中在全国同类学校中的位置不敢说，但它作为甘肃这个贫困省份的龙头老大不容置疑。2015年全省高考前100名中，师大附中就有80多名。可这样一所名校每年都要分阶段、分学科召开几次分析研讨会，反思自己的工作，查缺补漏。我们部分同志，带的学科考了个一塌糊涂，面对学生的抱怨，家长的指责，社会的议论和同事们意味深长的眼神，自己却表现出前所未有的淡定，根本没有自省的意识。"学生差"成了我们反思工作的口头禅。那么，北校教师都很好吗？学生差是事实，但是为什么同一个班级有的课成绩就那么好？为什么同一班级同一门课程不同的教师教出的成绩差别就那么大？问题的症结在于不研究学生，不研究教材，更不研究教法。

名誉是一个人的第二生命。一个不爱自己名誉的人，几乎就不可救药了。因为这种人干啥事都无所顾忌。

珍爱自己名誉的教师，就会热爱自己所从事的工作。他会团结同志，关爱学生，他会把自己的一言一行融入学校的发展中，他会时时处处为学生着想，为学校着想。北校能有今天的进步，就是那些懂得自爱的人长期奋斗的结果。

在人的一生中观众永远比朋友多，我们要努力把自己最精彩的一面留给别人。人的两种力量最有魅力，一种是人格的力量，一种是思想的力量。而品行是一个人的内涵，名誉是一个人的外貌，我们要明白做人德为先，待人诚为先，做事勤为先。正直和诚实是安身立命的根本。有时候，人需要的不是物质的富有，而是心灵的慰藉；不是甜言蜜语的左右，而是相互的懂得。我们要珍惜这一份事业，有所珍惜，才有所真心，有所懂得，才有所值得。

2015.7.17

◇ 心园絮语 ◇

常规和底线都要坚守

我们许多同志自怨自艾，没有一点阳光的心态，向学生传递的都是消极情绪。其实，人生的许多苦乐，不在于你的处境，而在于你看境遇的角度。人生的许多境界，不在于跟随，而在于自我探求。人生的许多魅力不在于完美，而在于对缺憾的回味。

做一个有爱心的教师。没有爱就没有教育。新学年希望全体教师以高度的责任感和使命感投入到工作中，把研究学生、教育学生、关爱学生作为自己工作的第一要务。

把书教好，把人育好，建立和谐、融洽、健康的新型师生关系，以自身素质和形象赢得学生的尊重和信赖。

做一个心态阳光的教师。无论你有什么样的人生遭遇，给学生传递的永远只能是正能量。教师的智力水平非常重要，但是比智商更重要的是情商。一年四季一个表情，一天到晚一个语调，永远都不是一个好教师。我们一定要乐观大度，只要心灵是晴朗的，世界永远都是春天。

做一个坚守工作底线的教师。教师的职责是什么，该做什么，不该做什么，一定要心中有数。部分同志要强制自己改掉不良习惯。请假的问题，遵守公共秩序的问题，落实教学常规的问题，接受工作任务的问题等。守不住底线，做人都不称职，做教师只能是同行中的负面典型。

2015.8.23

爱自己也很重要

　　要学会关注自己，做一个有趣的人。教学工作是学校的中心工作。目前我们绝大多数人身处一线，每个人都有自己的教学风格，但是由于各方面的因素，教师队伍专业素养提升水平发展极不平衡。这就要求，每个人都要关注自己，关注自己的工作表现，关注自己的教学成绩，缺失了就要弥补，落伍了就要追赶。我行我素，满不在乎，最终没有什么出路。

　　今后的教师职称评定，中小学再没有什么区别了，而且新增了正高岗位。大家一定要积极努力，职称评定了，不光有相应的待遇，更重要的是一种荣誉。希望同志们在大事上一定要头脑清楚。不关注别人，不关注自己，是一种消极的可怕的心态。爱岗敬业的，埋头苦干；得过且过的，甘于平庸。个人没有乐趣，活得很沉重，单位没有活力，感觉很呆板。贾平凹说："人可以无知，但不可以无趣。"做人若无趣，这很煞风景。人一旦没有"趣"了，就会变得粗糙、麻木、肤浅，整天愁眉苦脸、忧心忡忡、唉声叹气、面目可憎，好像这个世界谁都欠着他的。这样的人活着，只会给别人添堵。而一个有趣的人则不然，由于他的存在，而使周围变得热闹起来，他的"气场"催化着人生的精义，教人奋发，让人快乐。与有趣的人相处，你会觉得世界变得有趣，生活变得有趣，自己似乎也变得有趣起来，有趣是人性的最高境界。但愿我们都能变得有趣起来。

2015.10.8

◇ 心园絮语 ◇

当教师要懂得章法

学校的中心工作是教学。教学就需要通过教研组去组织，需要每一位教师去实施。根据学校目前的实际情况，教学工作必须分"三步走"。首先要"规范"教学，使教师"研读课标"，增强课堂架构意识，互通有无，取长补短。其次要"发展教学"，结合我校的学情、教情、校情，根据我们探索的教学模式，突出学生为主体的活动设计和时间安排。最后要"提升教学"，鼓励教师立足课堂主阵地，灵活操作、因材施教。教研组是组织教师有效地开展教学工作的最基本的单位，它的作用是其他任何东西都无法取代的。

对学生的教育是系统工程，不能搞"单打一"。班主任、任课教师、政教处、团委、少工委必须相互沟通，各负其责，不能对学生的错误行为熟视无睹。校风正了，学风才能浓。这是每一个做教师的应该熟知的最基本的常识。

我们从事的职业决定了我们每天接手的都是非常琐碎的事情。但无论怎样，我们都要有自己的职业尊严。要对自己的职业理想有无限的憧憬。天堂虽远，但总有人到达过那里。承认并相信美好生活的存在性，是我们打拼美好生活的前提。自己不如意时还相信"天堂"，不放任自流；别人到达"天堂"时，不盲目质疑，让进取心战胜自尊心。如此，或许我们距"天堂"更近。天堂虽大，但没有一个位置是多余的。不要抱怨自己距天堂太远，只需积极反省和努力改变"还没有资格接触天堂，甚至还在挣扎于'地狱'"的窘境。人的层次不会为人的意志而消泯，人的差距不会凭人的意愿而消失。我们要努力提

升自己的层次，缩短与别人的差距，任何时候都要相信，一个人的层次就决定了他要看到的风景。

2016.1.11

会思考才会工作

教育是一种"慢"的艺术，它来不得半点的急于求成，教育又是一项育人工程，它更不敢有半点的投机取巧。

一、要维护学校的常识

尊重常识、遵守常识，有时很难，需要勇气，需要做出一些牺牲。有时必须抗争，不得不付出一些代价。我们日常工作中所做的一切，不过是遵守常识，当然即使是常识，也需要学习，也需要发现，也需要维护。

我们的教师队伍主流是好的，绝大多数同志都懂得学校常识，并能较好地去维护和遵守。但有一少部分人做得就不尽如人意。不懂得教师要率先垂范，不懂得教师要热爱学习，不懂得教师要有职业操守。不干本职工作，不问工作质量，不爱惜自己荣誉，不顾及别人感受，给学校管理工作制造麻烦。我们经常看到在现今的学校教育中遵守事物规律，往往被看作是异端，违背规律反而理直气壮。管理的人，为能给大家有个满意的交代而劳神，一种相思，两处闲愁。

二、要落实教学常规

无论课改做到何种程度，无论在推广哪一种模式，课堂教学根本的东西不能变。课堂是师生的合作体,情感的通道打通后,认知的通道才能畅通。一堂好课是有质、有度、有变、有效地在课堂教学过程中呈现最佳组合,使学生真正地学习。

有质——回归学科本质,最精确的知识,最根本的方法。

有度——容量、思维量、节奏、负担等适度。

有变——预设性、生成性、机智应变。

有效——师生互动,学习目标达成高效。

三、要细化德育工作

目前,学生管理工作缺乏阶段性目标。头疼医头,脚疼医脚的问题依然突出。班主任工作不细不实,零敲碎打,不能统筹兼顾,没有主动性,缺乏创新意识。管理工作和日常生活没有很好地结合起来,管理措施只有骨架,没有血肉,学生很难主动活跃,我们的工作仍然在一个很低的层次上徘徊。布置的多,检查的少,一曝十寒而不能以一贯之,方法简单而不能异彩纷呈,这是德育工作的硬伤。

我们必须清楚:

德育的入口之处是规范,

德育的关键之处是细节,

德育的终极之处是习惯,

德育的困难之处是坚持,

德育的核心之处是善良。

我们要加强学习,凡事都做深层次的思考。深刻领会职业特点,恪守职业尊严。以健康、平和、积极的心态对待工作,对待学校,对待学生。

2016.11.4

要做个清醒的教师

最近我们在下功夫抓信息技术教育手段进课堂，小学部做得非常好，上课使用多媒体手段已成常态，有些同志运用相当熟练。教务处要按学科尽快制定出教师授课计划。五十岁以下的人人都要过关。

另外，我们要有切实可行的学习计划，要养成读书写作的良好习惯。一本教材抱到老，自己乏味，学生厌倦，最终要被淘汰出局。

人一生要走两条路，一条是自己必须走的路，一条是自己想走的路。只有走好了必走的路，想走的路才能走好。我们从事教育工作，不能做到全身心投入，起码要守住自己的职业尊严。时间过得特快，现在已是初冬，随着四季更替，我们一天天变老。人既是一个自然人又是一个社会人。单就个体生命而言，在宇宙里渺小得可以忽略不计。大家想想再过五十年，在座的二百多号人能步履稳健、耳聪目明地生活在这个世界上，见证着世事变迁的能有几人？

人一生有两件事绝对不能干：一是用自己的嘴巴干扰别人的生活，二是用别人的头脑思考自己的人生。

但这并不等于我们人人都要把自己封闭起来。优秀的人，我们要学习；精美的物，我们要欣赏。在学习中思考，在思考中感悟，在感悟中成长。

在华东师大进修时，我们班建了一个微信群。今天偶然看到，从11月28日至12月6日，华东师大中山北路校区华夏路，闵行校区南门银杏林、杏林东路、杏林西，实施为期九天的"落叶不扫"。同学们纷纷发表评论，认为金色的师大即将到来。看到他们发的视频,想起今年秋天日日走过的校园,由此浮想联翩。郁达夫曾说:"江南的秋,草木凋的慢,空气来的润,天的颜色显得淡,并且又时常多雨而少风。"先生大概思念故乡甚矣。在别处,一年最后一个季节都能找到一些瑕疵。而今年华东师大的冬天,会更灿烂、浓郁、活泼。通过视频看到校园里高大笔挺的云彬和斑驳陆离的法国梧桐,仿佛又置身其中。

当初冬的太阳肆意地释放最后的暖意时,一眼望去,翠绿金黄。突然我就很想打开书包,把阳光和落叶藏进我的年岁中,待日后独自品尝,我想如果风再吹一会儿,就能用这诗意的芬芳,送我到下一个冬日的暖阳!

2016.11.29

教师要选好"圈子"

从心理学角度上讲,人是群居动物,容易接受周围人和环境的暗示。我至今觉得人进步的最好方法就是去接近那些充满正能量的人,而更好的事情是成为一个充满正能量的人,去改变去吸引更多需要这种力量的人。

我听过一句令人印象深刻的话。"一个人平时花最多时间在一起的5个人的平均水平,就代表了这个人。"

接近什么样的人,就会走什么样的路,人最大的幸运,不是捡钱,也不是中奖,而是有人可以鼓励你,指引你,帮助你。其实,限制人们发展的,往往不是智商和学历,而是你所处的生活圈与工作圈,身边的人很重要,所谓的贵人，并不是直接给你带来荣华富贵的人，而是开拓你的眼界、格局，给你正能量的人，风雨中做事，阳光下做人。

"如果不创办苹果公司，巴黎街头就会多一位浪漫的诗人。"乔布斯说，"你的工作将占据生活中很大的一部分，你只要相信自己所做的是伟大的工作，你才能怡然自得，如果你现在还没有找到，那么继续找，不要停下来，只要你全心全意地去找，在你找到的时候，你的心就会告诉你的。就像任何真诚的关系，随着岁月的流逝只会越来越紧密。"

我们要向身边优秀的同志看齐，永远也不停下前进的步伐。

2017.1.11

会欣赏是一种能力

我曾多次讲过我们要学会欣赏人，欣赏人才能提升自己。欣赏别人的生活，欣赏别人过日子，欣赏别人的行事作风。有人说，欣赏一个人，始于颜值，敬于才华，合与性格，久于善良，终于人品，这一点没错。

有人光鲜亮丽也咄咄逼人，有人其貌不扬却让人心生好感，前者让人窒息，后者让人舒服；让人舒服，是顶级的人格魅力。孔子的弟子子夏评价孔子说"望之俨然，即之也温"即是如此。君子如玉，让人舒服的人就好像一块温润的美玉。让人舒服不是一时的谄媚，这样的人只能让人生厌。让人舒服的人一定是细心体谅他人、极具同情心的人。他们的魅力来自丰富、内敛、温情、善良，由内而外散发的一种高贵。有些人总会把处处给人难堪以彰显个性当作

◇ 心园絮语 ◇

真性情，用蛮不讲理、急说强辩来体现自己的优越。

　　让人舒服的前提是对别人的尊重与体谅。让人舒服的人一定是细腻而聪明的，他们做事讲道理，说话有分寸。

　　让人舒服，是一种顶级的智慧与软实力。

　　一个人成熟的标志，就是待人处事能让人舒服。

2017.5.9

爱学习的人才最美

　　我们是教育工作者，职业特点要求我们必须不断地学习。只有吸取新的营养，我们才能够行得稳，走得远。教师有双重任务，一是教课，二是带班。这两项工作是每一个教师义不容辞的责任，也是最基本的职业要求。越是对这一点认识清楚，就越能意识到学习的重要性和紧迫性。新形势下学生获取知识的途径愈来愈多，我们只有不断地学习，才能走到他们的前边。把教材研究透，把教法运用好，不生搬硬套，不故步自封，不沽名钓誉，不哗众取宠。同时，我们必须学习相邻学科的知识。教师的知识渊博了，课堂上就可以掌控自如，左右逢源，学生就喜欢上这位老师的课。相反，我们整天一个表情，一种语调，知识老化，情绪低沉，课堂上就没有了味道，讲课就是负担，听课就变成了煎熬。班要带好，班主任除了尽责守职外，首先形象要新，其次语言要新。和学生交流，天天一个语调，次次一个内容，学生感到你婆婆妈妈、唠唠叨叨、喋喋不休就是极其正常的事了。优秀的班主任形象是常新的。因为他

159

怕引起学生的视觉疲劳，他的语言是常新的，他要唤起学生对世间美好事物的向往和追求。整天玩手机，看穿越剧，欣赏甚至吸收一些消极的低级趣味的东西，永远都不会提高，而且会越来越空虚。因为周围满是负能量，腐蚀了自己，也感染了学生。当然，班主任还要学习管理的艺术，学习别人热爱学生的那种情怀。我们目前就到岗问题，许多班主任都是要大打折扣的。早上、下午学生到校后处于真空状态，存在着极大的安全隐患。这必须引起我们每位班主任的高度重视。学习搞好了，才能丰富自己的内涵。一个人是否有品位、有修养、有责任，有担当，与他的知识储备和文化底蕴有极大的关系。而这一切都离不开学习。爱学习的人，不仅懂得大道理，更熟悉为人处事的规则，待人接物的礼数，还能从内心深处感觉到美与丑的差别；爱学习的人，既珍惜自己的荣誉，又顾忌别人的感受，是知识和情趣的统一体，人们都愿意尊重他。教师只有受到同事、学生的尊重，才会有职业幸福感，工作才会有事半功倍的效果。我们目前所处的环境，虽然并不是十分宽松，职业风险越来越大，但这并不影响我们学习，并不影响我们提升自己。

  一个女人在拥有了丰富知识之后，会变得优秀，因为知识给予了其底蕴，陶冶了她的情操，使她变得温文尔雅，善解人意。"茶亦醉人何必酒，书能香我不须花"，爱学习的女人就有上乘的格调和品位，神韵和灵性。爱学习的男人会变得儒雅，儒雅的男人是一条清澈的溪流，他们的身上所能散发的是一道道迷人的光环，汇聚成一片灿烂的风景，这样的景致，让人百看不厌，心生敬意。

  小满刚过三天，满招损，谦受益。永远不满是一种境界，它蕴含着深深的期待。初夏是个很美的季节，陆游有一句很有名的诗句："纷纷红紫已成尘，布谷声中夏令新。"为了我们自己有一个全新的姿态和形象，学习再不能被忽视了。

2017.5.24

◇ 心园絮语 ◇

学习不能等

要认真看书学习，"腹有诗书气自华"是古人经验的写照。目前受不良社会风气的影响，我们学校喜欢看书的人并不是很多，不爱读书已成普遍现象。一所学校，读书若形不成风气，校园就没有人文气息。一个教师若不读书，魅力就会丧失殆尽。高尔基说："书籍是人类进步的阶梯。"笛卡尔说："读一本好书，就是和许多高尚的人谈话。"不学习的人很快地就会落伍，不读书的人不可能给你传递正能量，其生活里永远都没有乐趣。目前我们阅读的条件非常好，除了网络媒体，还有专门的图书室、阅览室。从图书的类别看，可以说能从多方面满足我们阅读的需要。我们相当一部分同志宁可把时间消磨在一些毫无意义的事情上，也不能说服自己读几本书。这种现状造成的直接结果是知识单一、储量不足。平时写一篇文章、一个计划，甚至写一个总结都要当南郭先生。看一看出自我们教师之手的文学性的东西，像模像样的有多少？希望大家挤点时间从现在开始订个读书计划，读几本经典，读几本专业书，写几篇心得体会，写几篇教育随笔。带动学生热爱书籍，激励学生热爱写作，真正使我们的校园成为名副其实的书香校园。

要提升专业素养。目前我校无论是教师队伍还是学生人数都出现了每年上升的趋势。培养名师和学科带头人迫在眉睫。一个名师，就能带动一个学科，一个优秀班主任就能成就一班学生，我们身边活生生的例子举不胜举。遇

守望心田

上好老师是学生的福。纵观北校的发展历程，历史遗留的问题太多，特别是教师队伍建设上的一些短板，教师队伍构成上的一些问题积重难返，提高教师专业素养的任务十分艰巨。希望大家向先进的典型看齐，多看自己的前面。有些同志还很年轻，但退坡思想严重，价值取向上出现了偏差，世界观移了位，挑三拣四，拈轻怕重，为一两节课会花精力和别人讨价还价，而从不考虑自己工作表现。年轻人没有年轻人的样子，没有年轻人的气魄，没有年轻人的风度，浑浑噩噩虚度时光，这是十分可怕的。

要只争朝夕。我前面讲过，时间过得真快，岁月不饶人，希望同志们珍惜每一天，不要盼着自己啥时候能够清闲下来。盼清闲，就是盼自己早点变老。等到你有一天真的变老的时候，你立马就会遇到许多始料未及的事情，那个时候你面对这个世界，更多的只是无奈。我们干了一份平凡的工作，平凡的工作干好了也有乐趣。人可以无知，但不能无趣，自己丧失了自信心，扳着指头打发日子，生活除了乏味就是无趣，精神世界就是一片苍白，这些基本的道理，我们一定要明白。我们半辈子走了许多路，越走越长的是远方，越走越短的是人生，越走越急的是岁月，越走越慢的是希望，越走越多的是年龄，越走越少的是时间，越走越远的是梦想，越走越近的是坟墓，人人如此，无一例外。希望同志们热爱自己的单位，珍惜自己的工作，让我们的校园生动活泼，多些正气，少些邪气；多些朝气，少些暮气。人只有不断沟通，不断交流，才能不断长进，才能有精气神，才能活出点滋味来。今天我们无论站在工作还是学习的路口，只要你用心品味就会发现，世间多少感情，都死在了沉默里。

2018.1.11

提升素养关键在自己

新的学期已经开始。学校的各项工作从今天起就全面步入正常。但是作为新的一年的春季学期，学校的工作必须要有新气象。

一、要有全新的精神状态

人的心态非常重要，我们从事的工作是无法改变的，或者说至少在短时间内是没有大的变化的。我们的心态掌控权完全在我们自己手里，我们不但要和有正能量的人合作共事，而且要给周围的人传递正能量。不妄自菲薄，不怨天尤人，不站在烦恼里仰望幸福。

二、要有干好本职工作的实际行动

教书育人是教师的本分工作。我们要在具体的工作中，把每一件小事抓实，把每一件实事抓好。经常反思，经常自省，不怕有失误，单怕意识不到失误，要有责任意识和担当意识。

三、要有规范约束自己的勇气

教育系统开展正风肃纪专项活动，仔细研究有关文件精神，不外乎都是对教师队伍基本要求的又一次重申。我们必须从严格要求自己着手，时常倾听学生意见和家长呼声，做一个学生喜欢的好教师。

做好自己该做的事，这是一个国家公职人员最基本的责任。教好课，带好班，工作不拖别人后腿。心态平和、心理阳光、心情舒畅，这是我们生活的最高境界。

2018.2.25

自我修炼是一种功夫

以只争朝夕的精神履职尽责

宋代文学家苏轼说:"春宵一刻值千金,花有清香月有阴。歌管楼台声细细,秋千院落夜沉沉。"这首七绝从夜色的美告诉人们光阴的宝贵。对时间的感觉与人的年龄和生活境遇有很大关系。生活在学校里的人,时间是用分秒、用活动、用课时来计量的。从时令上讲,今天已是小满,小麦已进入杨花灌浆期,孟夏是一年最美的季节。就我们的工作而言,一学期已经过半。同志们应对自己的工作和表现来个回头望。教学成绩如何?专业素养的提升怎样?开学初的计划是否达到了阶段性的预期?二百多人的集体,总有一少部分浑浑噩噩,工作、生活显得极不合拍,没有正确的心态,没有积极的生活态度,没有基本的时间观念。时间过半了,工作任务完成得如何,特别是两个毕业年级,要做好冲刺前的准备工作,闲人不能以闲为荣,应该有忧患意识,应该忙起来。忙人应该理清头绪,掂量好轻重缓急,不能瞎忙。大家应该有条不紊地干好本职工作。

以细致入微的态度察己知人

每个人都必须具备欣赏别人的能力。会欣赏人既是一种态度,也是一种能力。我们的集体中,工作上出类拔萃,生活上质量上乘,处事落落大方,待人诚恳有度的人比比皆是。我们都应该去学习他们,学习他人才能提高自己。我们要善于发现别人的长处,要自觉意识到自己的短处,要和别人比生活方式，比工作态度，比综合成绩，要知耻而后勇。老是当后进，久而久之就会心死，就会破罐子破摔，人生就会索然无味，天天都是度日如年。整天闲游闲转的人，多看看满负荷工作的同志，其实他们和你一样，挣的也是月月工资。成绩垫底的同志看看前边的人，他们从备课、上课到课外辅导，多付出了你几倍的劳动，你还能心安理得吗？不公平是现代管理学上的大忌，而你自己就是我们学校这个圈子里不公平的制造者。

如果我们都能自觉地以先进为参照物，我们就会很快形成一种积极上进的工作局面。

以主人翁的身份关注学校的发展

上周五的行政会议上，我要求全体班子成员每天至少用1小时看书学习，用1小时谋划自己的工作，学习一刻也不能放松。充实提升自己，关注学校才有底气，否则，你是没有能力为学校添砖加瓦的。这就如同爱国一样，只有把爱国热情变成强国之志才有意义。近几年，我们学校的发展很快，取得的成绩也有目共睹。学校形象好了，大家才会觉得体面。反之，我们永远都觉得低人一等。目前，学校硬件建设步伐很快，经过我们不懈努力，秋季开学时，北校的校园面貌就会有历史性改观。

关注学校发展必须落实到我们的工作实践中，这既需要智商，也需要情商。我们要热爱学校的一草一木，热爱自己的学生，要爱岗敬业，让学生喜欢我们。动起来，才能活起来。我们坚决反对拈轻怕重的人，坚决反对挑肥拣瘦的人，坚决反对不务正业的人，大家都要动起来。"昼出耕耘夜绩麻，村庄儿女各当家。"我们应该靠自己的劳动给北校一副崭新的形象。

2018.5.21

教师要成为校园的风景

胸怀大格局，做好小事情

一个人的格局决定着他的眼光、他的境界、他的人生态度、他的处事方式、他的个人形象。教师在本职岗位上没有干惊天动地大事情的机缘，但是生活在学校这个圈子的人同样要有格局。当领导的要常怀敬畏之心，要把自己放在全体师生聚焦的中心，谋划工作要心细入微，安排工作要有条不紊，落实工作要雷厉风行，指导工作要有理有据，所有的甩手掌柜都是短命的。教师要树立牢固的角色意识，先用实力树自己的形象，学生亲其师方能信其道。自身有"硬伤"的教师在学生面前是非常被动的。教师的形象要常新，教师的知识要常新，教师的语言要常新。严格要求自己，才能率先垂范；做了知识的化身，才能博得学生的尊重和爱戴。因此，无论是学校班子成员还是其他普通教师都必须胸怀大格局，做好小事情。

在欣赏别人中成就自己

我们的生活中应该多一些欣赏。培根说："欣赏者心中有朝霞、露珠和常年盛开的花朵；漠视者冰结心城，四海枯竭，丛山荒芜。"信息化时代，资源丰富，渠道畅通，作为学习的主体，我们可以左右逢源。即使在我们身边有许多教学能手、学科带头人、优秀班主任，我们应该近水楼台先得月。欣赏别人的生活态度、工作激情，欣赏别人对学习的执着，对学生的热爱，对事业的倾心，对学校的负责。不断欣赏别人，才能提升自己。同样，每个人自己也都

◇ 心园絮语 ◇

可以成为别人欣赏的对象，如果你沉稳如山，幽深如潭，善待别人而又虚怀若谷，谁会不羡慕、不尊重、不欣赏你呢？吴冠中先生说："文盲不多，美盲很多。"审美是收拾得整整齐齐的房间，是出门前精心搭配的衣服，是朴素的书房里一束鲜花的芳香，是客厅里一幅能自得其乐的画……审美品位能看出一个人的教养。美的东西对人有一种天生的吸引力。一个懂得审美的人，就不只是生存，而是生活了。

让自己成为校园的风景

我们国家提出的核心素养，有18个二级指标，其中核心的素养就是批判性思维、创造性思维、合作能力、交流能力。每位教师都应该在自己所教的学科中对学生渗透思维品质训练。且应该根据不同学生思维品质的特点做到因材施教。学生的思维方式转变了，其他的一切就水到渠成了。教师也应该转变思维方式，重视环境育人的作用。本学期以来我们从争取项目到组织实施，力没少出，钱没少花，截至今天，历时七个月，校园面貌焕然一新，社会反响很好。这给北校人长了精神，使我们有了颜面。我认为环境育人，除了硬件条件外，教师自身也是学校的软环境。我们一定要树立自信心，增强责任感，培养精气神，让自己变成校园的风景，让学生潜移默化，赏心悦目。

2018.11.12

不可忽视软实力的作用

本学期以来，或者说今年以来，市区两级政府把对学校的管理工作真正提上了议事日程，我们作为最基层的教育工作者，必须高度重视。对今后工作，我讲三方面意见：

要以学校大局为重，增强使命感

工作和生活同样重要，在单位，工作既是工作也是生活。我们必须以工作为重，所有人都要服从学校安排，任何只要组织照顾，不要组织纪律的现象，都是自由主义。我们从事的教育工作，事关千家万户，误人子弟的罪名我们是担不起的。大家一定要清醒地认识到，所谓人性化管理，绝对不是无原则地满足所有人不切实际或者不靠谱的要求。全局意识最能体现一个人的格局和境界。

要强化学习意识，树立新形象

学校是培养人才的地方，对教师而言，学习永远是第一位的。形势日新月异，教育领域异彩纷呈。新时代的教育工作者，一定要成为新思想的拥有者、新理念的先行者、新知识的化身和新形象的代表。我们不学习，怎么教学生，怎么能教好学生。学习，是一个十分宽泛的概念，我们不仅要学习本专业的知识，更要学习相邻学科的知识；我们不仅要向书本学习，更要向身边的人学习。腹有诗书气自华，多读书，多写文章，多和优秀的人相处，多和靠谱的人交流。正能量永远是支撑一个人健康地向前走、快乐地活下去的不可或缺的宝贵营养。

要修身养性，增强软实力

其身正，不令则行，其身不正，虽令不行。教师的专业能力是硬实力，教师的态度、修养、气质、人格魅力是软实力。我们一定要从点滴做起，增强自己的软实力，博得学生的崇敬、爱戴和倾慕。一个学识浅薄的半瓶水、不修边幅的邋遢鬼、情商缺失的苦行僧、牢骚满腹的抱怨者、指手画脚的局外人很难赢得学生的爱戴和尊重。

当教师一定要爱学生，要爱而不纵、严而不凶，只有心扑在学生身上，书才能教好。老师有走心，无守心，身在教室，心在外面，教学工作走过场，对自己的行为不加约束，招来的绝对是学生的不满，甚至怨恨。一个风度翩翩、说话得体、办事干练、才华横溢的教师，他的一堂课都可以成为学生一生中美好的回忆。我们永远不能忽视软实力的作用。

岁月更替，我们一天天变老，无论你采取什么样的养生办法，青春永驻都只能是一句给人宽心的祝福语。对一个人而言，生老病死，新陈代谢的脚步，其实一刻也没有停止过，这是唯物主义基本的观点。年年都有春天，年年都有桃红柳绿，可大家认真回味一下，这个春天的你和三年前、五年前、十年前、二十年前、三十年前同样季节里的你，一样吗？从英姿勃发到百病缠身，从青春靓丽到老气横秋，这既是无法改变的事实，也是不可抗拒的规律。我们在体制内工作，就要守规矩、尽本分，不顾面子的人，实在是对不住自己。我们要守住自己的底线和别人眼中的气场。

2019.3.22

本色做人　角色做事

总结过去的成绩，最主要的目的是鞭策我们的团队能够以积极的态度面向未来。我们的学校建校已有三十年的历史，从总的趋势看，学校发展得好，天天都在进步。但由于一些深层次的原因，我们的质量提升、学风建设、素养提升等方面还存在着许多变数，教学成绩很不稳定，这就如同基础薄弱的农业生产一样，虽然有过小丰收，但是抵御自然灾害的能力很差，灾年返贫的可能性极大。

教师是一个特殊的职业，要成为家长和学生的审美对象，我们要一如既往发挥好榜样引领的作用，要重视优秀教师的感召效应。刚才奖励的这几十名教师，就是这一届最好的教师，他们是大家学习的榜样。面对我们的生源现状，希望大家把自己的主观能动性发挥到极致，把我们能做好的事情做到最好。

我们要拓宽渠道帮助教师成长。在每一所学校里，都有一群可以成为领袖教师的"沉睡的巨人"。如果唤醒他们，学校将得到发展的最强动力。建设教师队伍，唤醒他们的力量，是校长最主要的使命之一，也是全体教师的心灵自觉。我们要创造条件，让全体教师每一天都在真实的场域中进行教学研究、专业发展。目前，我们的团队整体学风不浓，长时间的不学习，我们就会走向平庸，我们的工作就会丧失原动力。一个不学习的教师，即使变老了，也不会有丝毫的成长，我们要脚踏实地，让朴素的教育情怀落地生根。"上好课"是真正的师德，也是一个教师应该遵守的最朴素的、最基本的职业底线。我们必须在全校倡导"本色做人，角色做事"。从抓好教学管理常规落实着手，不搞花拳绣腿，稳扎稳打。小学一入学，从抓良好的习惯养成开始，抓好德育工作，从写好每一个字开始，抓好教学工作。九年时间能始终如一，锲而不舍，学校的内涵发展必定会有很大的成绩，这一点应该是全体北校人的共识。

一个没有文化认同的单位只是一个工作单位，有了共同价值追求的学校才是一所有归属感的学校，才是一所有意思有希望的学校，才是一所有灵魂有行动力的学校。全体教师要认真总结成绩、正视现实、树立正确的荣辱观，用自己的实力和作为，给社会一个比较满意的交待。

2019.6.5

◇ 心园絮语 ◇

学校是教师的"精神家园"

开学至今，快两月时间了。头绪多、节奏快，人气爆满是我们工作的主色调。一所传统的薄弱校，要有点新起色，每挪一步都很艰难，平心而论，我们的学校还是变化了。刚才分管的副校长及主任小结了过去两个月的工作，大家应该重点听听存在的问题。听清了就要反思，就要有行动。下面我再讲三点要求。

一、只争朝夕，学校上空应该群星灿烂

目前，我们在发展中困难重重，但也有前所未有的机遇。我们必须正视困难、克服困难、趁势而上。学校规模越来越大，社会关注度越来越高，传统观念对教学质量的评判使我们的压力与日俱增，这一点，大家必须清楚。近两年，我们在对外宣传上下了很大的功夫，目的就是对内传播正能量，对外树立新形象。现在，知道北校的人多了，这是事实，北校的声誉好转了，这也是事实。学生越多，宣传学校的平台就越宽广，传递有关学校信息的渠道就越宽敞，谈论学校的声音就越洪亮，内强素质已迫在眉睫了。一个能留住教师的学校，应该在提高教育质量的同时，让教师也能得到提高，取得事业上的成功，有成就感。这样的学校既能出优秀学生，又能出知名的教师。我个人认为，北校的教师潜力很大，近几年的各种教学比武活动成绩就足以印证这一点。北校的学生中也有很优秀的苗子，尽管绝大多数家庭教育是他们成长中的短板，但他们的禀赋为自己的成长储备了很大的后劲，提供了广阔的空间。

171

回归天性、发展德性、张扬个性是义务教育阶段始终应该遵循的核心内容。大家应该提振精神、树立自信心，办"品位教育"。穷人谈品位，总怕被人嗤笑，其实这是嗤笑者的无知。多年的黯然无光，已经让我们习惯了内心的麻木和在别人面前自卑。其实北校的上空也应该是群星灿烂，长时间的扬眉吐气，可以使人青春永驻。

二、关注热点，教师的发展之路要有人文情怀

教育的过程是对话的过程，是理解与尊重的过程，是灵魂与灵魂碰撞、体验与交流的过程。一个理想的有效的教育过程，需要我们实施充满人文情怀的教育。

教师是学校实施教育活动的主力军。我们的教师队伍二百多号人，合格的教师，应该具备有效实施教育教学的能力，有效开发校本课程的能力，有效指导学生参加综合社会实践活动与研究性学习的能力。从学校层面上，我们要尽最大能力建设幽静环境，构建和谐校园，营造学术氛围，让教师诗意地生活，主动地发展，灵性地工作，不断地创新。建设高素质教师队伍，是学校管理永恒的主题。在教师的专业成长方面，我还要强调的就是在我们的校园内要建立真诚和谐的人际关系。要把学校变成教师的"精神家园"。特别应该注意的是教研组长、年级主任既要有业务能力，又要有很好的协调能力，要在一个年级、一个教研组形成大家真诚沟通、坦诚交流、相互关心帮助、相互包容、和谐宽松的氛围。

三、心怀敬畏，履行职责要不忘规矩意识

学校的事都很琐碎但却千头万绪。为了确保各项工作不出漏洞，所有人都要守纪律、懂规矩，要政令统一、步调一致。

学校班子成员要做遵守纪律的模范，要顾全大局，要有政治敏锐性，要勤动脑、勤动腿、勤动嘴，切忌当甩手掌柜。要有合作意识，遇事不能想当

然。要严格遵守岗位职责。校长干校长的事，主任干主任的事，既不推诿扯皮，也不越俎代庖。要做学校管理工作的行家里手，要彻底纠正工作上的随意性。干啥要爱啥，干啥要像啥。

包级领导、年级主任要经常深入一线，了解级组情况，掌握学生动态，研究工作思路。坚决反对挂羊头卖狗肉，做名誉顾问的官僚主义习气。包级领导要经常听课、评课、指导级组活动。

全体教师要把上好每一节课作为工作的重中之重，要研究学生，研究教材，严格落实好教学常规，守好课堂教学主阵地。同学科、同年级组，要相互协作、相互学习，营造浓厚的学术氛围。

我们在学校管理中要彰显严明的纪律，但绝不能把大家的生活、工作环境搞得古板教条、冰冷而无生气。要倡导人文情怀，但也不能无原则地把学校办成自由散漫的个人俱乐部。

大学校要有大学校的格局，大学校要有大学校的风范，大学校要有大学校的担当，大学校要有大学校的情怀和责任。

"谁念西风独自凉，萧萧黄叶闭疏窗，沉思往事立残阳。"建校三十年了，过去的艰难困苦，已成为北校一笔丰厚的精神财富。这个深秋，毫无疑问又变得意义非凡，北校将从这个季节里二次起飞。

2019.10.15

做个习惯于反思的教师

四季的轮回，在让人收获喜悦与幸福的同时，心头总会掠过一丝莫名的沉重，有时甚至是惴惴不安。

中期考试已经过了几周，由于近期学校事务庞杂，外出培训的老师很多，对于质量的分析，只是在级组层面上过了一遍。为了进一步引起大家的重视，这个迟到的总结会，依然十分重要。我校目前有74个教学班，其中小学部48个，初中部26个。中期考试成绩我都一一过目了，整体水平很不理想。平行班之间，同学科之间差距很大，看到有些成绩，用触目惊心毫不为过。为什么会出现这种情况？

我觉得，最大的问题出在了教师身上，我们一味地指责学生，不但不公平，而且也毫无意义了。我想大家应该花点时间，横向纵向比较，冷静理性地反思以下几个问题：

一、自己是否在本学科的教学中竭尽全力了

学生要搞好学习，首先是要保证学习时间，教师要保证课堂教学的质量，要保证知识训练的密度和强度，要保证适量的作业，要保证及时有效的指导。教师不了解学情，不研究教材，不探讨教法，课堂上只管教不管导，只讲课不管学生，只顾教学过程，不顾教学效果，成绩能好吗？有些教师的成绩和平行班其他人相比，已相差二十几分，这样的结果，不敢给外人讲，讲出去就是笑话，讲出去就丢了学校的面子。

我们的教师队伍中，优秀的人是一大片，看看那些成绩出类拔萃的，他们下了多少功夫？他们什么时候到校？他们什么时候离校？他们是怎样讲课的？他们是怎样给学生辅导的？他们的作业量是多少？多年的实践表明，在教学工作上想种豆得瓜永远都是不可能的。

二、自己是否充满激情怀揣爱心面对每一个学生

一个好班主任，一个好教师可以影响学生一生，这是真理。教师如果没有仁爱之心，不去精心地设计每一堂课，学生就会对课堂感到乏味。久而久之就产生了厌学情绪。课要讲好，必须具备以下几个条件：一是教师自身丰富的知识储备；二是妙趣横生的教学艺术；三是热爱专业、热爱学生的人文情怀。这三点对教师的智商和情商提出了较高的要求。课堂上我们面对的是未成年人，要保证课堂教学质量，就要提高自己驾驭课堂的能力，要能抓住学生的兴奋点，适时点拨，适度刺激，适当拓宽。内因是变化的根据，学生有了学习的兴趣，教师讲的知识才能内化，学生如果昏昏欲睡，玩手机、开小差，你讲得再多都是白讲。

班主任和任课教师要不失时机地引导学生、启发学生、鼓励学生，给他们讲励志成才的故事，讲发愤学习、先苦后甜的典型，让学生做有榜样、学有奔头。

三、自己的行为举止是否可成为学生的表率

教师走不到学生前面，就管不好人教不好书。

从我们周一的升旗活动到我们平时的到岗守岗，从我们的教研室卫生到自己的仪容仪表，从我们的言行举止到外界影响，我们是否都很完美？

教师最重要的就是成为学生学习的模范。不读不写就是不称职的教师。北京大学文学院教授陈平原说："如果你半夜醒来，发现自己已经好长时间没有读书，而且没有任何负罪感的时候，你已经堕落了。不是说书本本身有多么

了不起，而是读书这个行为意味着你没有完全认同这个现世和现实，你还有追求，还在奋斗，你还有不满，你还在寻找另一种可能性，另一种生活方式。"所有好教师都是热爱学习的模范。

目前，我们的教研组形同虚设，组长的工作十分被动，唱独角戏，有时召集一次教研组会都很困难。大家对教研组活动不重视，有两方面的原因，一是活动本身没有吸引力，组织者事先没有认真策划，没有主题、没有新意；二是参与者没有学习意识，对自己业务提升缺乏兴趣，至于教学工作，肯定是得过且过了。

教研组有三个功能。

一是管理功能，就是落实教学管理要求；二是研究功能，研究教学问题；三是指导功能，促进教师专业发展。

教研组有三个层次。

合格教研组，抓好本学科教学常规、青年教师的培养、组内教研活动；

优秀教研组，学习成为习惯、反思成为习惯、研究成为常态、创新成为追求；

示范教研组，有影响力的名师，有自身独特的教学风格，有适合自身学校的校本资源，有促进自身可持续发展的综合实力。

我们目前的情况属于哪一个等次，希望各位组长、全体组员认真反思，准确定位。

我们的目标应该是示范教研组。

1. 建成新型的学习型、研究型教研组。

2. 充满思维活力的学习组织。

3. 探究解决问题的教研团队。

4. 教学改进的实践基地。

5. 形成自身教育思想的交流平台。

教研组的作用发挥不起来，科任教师搞单打一，老死不相往来，这样的结果是十分可怕的。在教研组的管理上，我们要深刻认识到"三懒加一勤，想勤都不得勤"这句俗语所揭示的道理，要科学地运用好"鲶鱼效应"。

四、下一番功夫，是否就会发现自己比原来要优秀许多

我历来不主张大家好高骛远，我更是反感一切形式的目中无人，但我们必须要有自信心。欣赏优秀的人，你就会因心理向善而变得优秀；学习有格局的人，你就会因境界提升而变得大度。没有什么东西能违背我们的主观意愿，而把我们人生定位在落后的位次上。当然从平庸走向优秀并非一蹴而就。难就难在要战胜自己。

作为教师，所有课都应该也能够上好，只要你愿意下功夫。当然学生很重要，文科主要是形象思维，理科主要是抽象思维（逻辑思维），但这也不是绝对的。

上心了的事儿，才能做好。课堂教学、学生管理，最怕形成恶性循环。学生越不想学，你也不想教，不想教就不愿下功夫，不下功夫课就越讲越差。相反，当所有学生对教师的课有了一种积极期待的时候，教师才有了真正意义上的收获感、成就感和幸福感。

本周星期天，就是今年最后一月的第一天了。时间快得让人难以置信。我常常因自己的平庸而感到羞愧。最近在整理我来北校工作后的一些自认为比较有用的会议讲话，顺便也有机会回忆了自己八年来的工作痕迹，很有感慨：读得不停，写得不停，走得不停，思考得不停，越学越觉得知识欠缺，越写越觉得自己读书太少。希望大家都动起来。人品上乘，学识渊博，不粗俗，不浮躁，就是人格魅力。有魅力的教师能使同事觉得舒适亲近，让学生感到温暖可信。

混一天也是一天，有质量地活一天也是一天。时间都不会在某个节点上停滞不前，我们为什么就不努力呢？

2019.11.27

未来的路是新的

　　新年纳余庆，佳节号长春。当我们满怀丰收的喜悦作别了西天的最后一抹晚霞，辽远的天际已传来了新年的钟声。在2019年的最后一个夜晚，我们北街实验学校全体教职工、部分退休老同志，欢聚一堂，张灯结彩，载歌载舞，共同庆祝2020年元旦佳节。值此良辰美景，我代表学校党政向在即将过去的一年里辛勤工作的全体教职工表示衷心的感谢！向一直以来关注学校发展的各位退休老同志致以深深的祝福！

　　岁月不居，天道酬勤。即将过去的2019年是北街实验学校发展史上极不平凡的一年。这一年里，在上级党委政府及教育主管部门的正确领导下，学校各项工作取得了令人欣喜的成绩；这一年里，我们秉持"办好百姓学校，做强平民教育"的办学宗旨，使学校规模实现了跨越式发展；这一年里，各项管理措施日趋完善，教育教学水平稳步提升；这一年里，基础设施建设突飞猛进，学校面貌焕然一新；这一年里，全校上下，群策群力，成功举办了建校30周年庆典和建国70周年系列庆祝活动，师生士气得到了极大的提振，学校对外影响不断扩大。

　　各位同事，各位朋友，今夜我们聚首，只为盘点过往的一个个日出日落；今夜无眠，无眠的是那颗永远都不曾忘却的教育初心。每逢辞旧迎新，最使人心潮难平。今夜我们相约，惜别过去，别情依依；共话未来，话意绵绵。我们不必留恋那已被蒿草淹没了的岁月的足迹，不必留恋已经褪了色的相思红豆。记忆的金沙无论多么美好，毕竟也是滚滚东去的生活的浪涛所淘剩的东西。留恋过去，只能作茧自缚，展望未来，才能饱览无限风光。新的一年里，让我们振作精神，携手共进，用我们炽热的教育情怀，书写北街实验学校的奋进之笔。

最后，祝各位年轻人青春永驻，光彩照人！

祝各位老同志鹤发童颜，健康长寿！

祝福我们的大家庭和谐美满，其乐融融！

祝愿北街实验学校事业蒸蒸日上！

祝愿同志们新年快乐！

（2020年元旦教职工茶话会上的致辞） 2020.1.1

教师成长是校长的荣誉

本学期在生源爆满、教育资源相对短缺的条件下，我们克服困难，从大处着眼、小处着手，全体教师的大局意识明显增强，工作作风也有了很大的转变，各项工作取得了一定的成绩，基本达到了预期的目标。

一是在教师极度短缺的情况下，学校挖掘资源，调动一切积极因素，按要求开足开齐了各门课程。教学常规得到了进一步落实，全体师生牢固树立了质量意识。

二是加强了学生的养成教育。充分发挥班主任作用,把日常行为规范教育提上了议事日程。通过班主任会、家长会,传输学校在学生管理上的思想和理念,最大限度地形成了学生管理的合力。

三是开源节流,总务后勤工作未雨绸缪,保证了教学工作的正常开展。从学校实际出发,量体裁衣,保证了师生在校期间的生活需要。

四是工会、共青团、少先队、妇委会在学校党支部的直接领导下,在上级主管部门的指导下,都做了大量工作,取得的成绩是值得肯定的。

本学期以来,随着我校规模的进一步扩大,办学压力与日俱增。特别是学生管理和教学质量问题,必须引起我们的高度重视。今天我想和大家共同探讨几个问题。

一、教师的成长是校长最大的荣誉

教师是学校最宝贵的资源,不断成长的教师队伍是学校永葆青春活力的先决条件。有人说,"有什么样的校长就会有什么样的学校。"其实校长影响教师的最有效办法就是带领他们进步。

校长是公众人物。在人们的印象中,校长总是满腹经纶、经验丰富,能够洞察人生,掌握人生哲学,具有生活智慧,我觉得这都未必全是,但有一点是肯定的,校长必须依赖于教师的成长,才能走进公众视野。

名师成就自己,名师成就学生,名师成就名校,名师成就校长。校长要以自己的人格魅力来体现学校的公众形象,体现教育的社会现象,究其实质,教师的成长进步是第一位的。

二、教师成长的速度取决于自己的圈子

俗话说,"近朱者赤,近墨者黑。" 如果实现了群体的提升,势必会带来个人的发展。世界潜能激发大师安东尼·罗宾曾经说过:"你成功的速度,

将取决于你身旁人的素质。" 我们的教师队伍人数很多，教师专业素质的提升迫在眉睫。专业提升，无非就是要学习。目前的情况是这样的：

一少部分人每天在认真地备课、精心带班，也经常聚在一起揣摩工作上的一些路径，研究教材，探讨教法，想着法子把自己的工作往前赶。这都是有责任心的教师。

绝大多数教师没有长远的打算，听着铃声进课堂，踏着铃声出校门。按部就班、墨守成规、得过且过。无激情、无新招、无斗志。教材以外的书一本不读，知识面窄，照本宣科，老生常谈。有的只讲课，不管学生——只要我讲了，听不听是你的事。

还有一少部分人，聚成了一个从来不学习的圈子。在这里上班完全是一个路过打零工的形象，心思根本就没有在学校。极个别同志不备课、不改作业、不参加年级组、教研组会，周一上班就想着周五回家的事，早上上班就想着请下午的临时假。整节课给学生放的是电视，这不是误人子弟是什么？有的人一学期都不听课，没有一页业务进修笔记，既不看书也不写作，教学成绩一塌糊涂。

学习是一个人对自己最大的尊重。一个从来都不懂得尊重自己的人，永远都别指望别人尊重你，有时别人想尊重你都没有理由。

谈笑有鸿儒，往来无白丁，这是我们需要的圈子。一个积极向上的集体，到处都是正能量。我们要下大气力搭建平台，让每一个希望进步的教师都能聚集在一起，从而形成浓厚的教研氛围，让北校也能培养出在区域内有影响力的教育名师，带动学校不断进步。希望大家在寒假期间每人最少读一本书，写一篇心得体会。

三、课堂质量的提高关键在于学生的主动学习

目前我们的教学常规落实没有大的问题，但为什么质量的提升一直处在

艰难的爬坡时期？学生基础差、家庭教育空缺，久而久之形成了恶性循环。绝大多数学生没有自己的人生理想，因为他们从家长那里沿袭了不求进步，满足于"三十亩地一头牛，老婆孩子热炕头"的小农意识，别人是小富即安，而自己吃饱就安，从来没有对知识的渴望，天天都是"别人要我学"。学习心理学研究表明，学生只有对教师、对知识有了渴求、才能产生浓厚的兴趣，这是高效课堂之所以高效的前提。无论哪门课，被动学习的效果几乎是零。

这就要求大家花点气力，在自己知识的储备上，在教学智慧的运用上，多研究研究，问题的症结找到了，我们再看该怎么做。

北来南去几时休，人在光阴似箭流。年关将近，生命的大树又增添了一圈年轮。沧桑也罢，厚重也好，都时刻在提醒我们要对生命敬畏。希望大家珍惜时间、珍惜青春，珍惜一天天逝去的岁月。

祝同志们寒假快乐，春节祥和！

2020.1.12

学校工作不能搞"花拳绣腿"

一、抓管理，提升学校形象

今后，我们将继续加强学校管理，细化管理制度，靠实管理责任，规范管理程序，凸显管理效果。一个主导思想，就是倾全校之力，提高办学水平。

抓学习，树典型，加强党员队伍建设。充分发挥党支部的战斗堡垒作用和党员的先锋模范作用，继续以科学发展观为指导，加强政治学习，开展积极的思想教育。加强党员队伍建设，发挥学科带头人的作用。党员教师既要保持兢兢业业、乐于奉献的精神，又要展示善于求索，开拓创新的风采，争做工作上的先进典型。让教师"照镜子"，对照优秀教师查看自己的不足，产生专业发展的内驱力，创造机会并鼓励优秀教师帮助引领其他教师，让他们在帮助他人的同时实现自我成长，从而使庸者在自责中奋起，能者在自信中超越。

抓习惯，促养成，加强学生的德育教育。积极创新德育教学方式，以养成教育为突破口，大胆创新德育活动内容和活动方式，增强德育工作的针对性和实效性，继续发挥品德课培养学生良好行为习惯的主渠道地位，发挥学生文明岗、卫生岗等自主管理和监督组织的作用。保证时时（课堂、课余空档）、事事（吸烟、斗殴、破坏公物、乱扔垃圾、危险行为等）有人管，让学生从身边的每一件小事入手，养成自觉遵纪守规的良好习惯。加强学生心理健康教育，充分发挥心理咨询室的积极作用，做好学生心理疏导工作，促进学生健康发展。加强学生学习习惯的培养，促进学生养成自主学习和勤学好问的良好习惯，扭转不良的学习风气，稳步提升学习成绩。

二、抓教研教改，全面提升教育教学质量

深化校本教研，提高教学效率。以教研组为单位，以课堂教学为主阵地，以全面提升教学质量为目的，加强教学研究。鼓励教师认真学习教育理论，探讨教材教法，及时总结研究成果，形成行之有效的校本课堂教学特色。让学习成为习惯，反思成为习惯，研究成为常态，创新成为追求。通过努力，要使每一个教研组都成为充满思维活动的学习组织，探索解决教学问题的研究团队，教学改进的实践基地，形成自身教育思想的交流平台。

优化教学环节，打造高效课堂。加强备课组工作，各备课组要凝聚集体智慧，将备课的有效性作为"高效教学"的基础和根本来抓，强化学习目标导引，精心设计教学流程，科学预见课堂教学活动，帮助学生解决最为关注的知

识点、难点和重点问题，引导教师从提高课堂质量入手，密切关注课堂生态，积极改革教与学的方式，切实减轻学生过重的课业负担，优化并合理布置作业，改进批改和评价作业办法，让作业成为有效提高教学质量的显性标志。

细化质量监控，落实培优补差。加强教学质量过程性检测，搞好质量分析，督促教师不断改进教学方法，提高教学效率；切实开展培优补差工作，全面提高防差、转差实效。

三、抓校园文化建设，营造温馨育人环境

校园文化其实是一种校园精神。我们始终要从学校实际出发，从细微处着手，发挥"潜移默化"和"润物无声"的作用。通过开展班容班貌、级组文化阵地、校园橱窗建设评比，让每一面墙壁都能"说话"，对学生进行正面引导和教育。认真办好校园广播站等校园主流媒体，发挥好舆论宣传引导作用。办好每年的运动会和校园艺术节，为学生全面健康成才，搭建合作展示的平台，创设积极和谐的成长环境。总之，我们要努力建设优美整洁的物化环境，完善有效的制度环境，创造丰富多彩的娱乐环境，培育团结和谐的人际环境，使学生在良好的校园文化环境中得到知识的养分，精神的升华，道德的内化，品格的熏陶，情操的陶冶，行为的训练，艺术的享受。

四、抓基础设施建设，全面改善办学条件

利用政府扩大教育投资的有利时机，依托国投项目，积极争取资金，继续加强基础设施建设，拓宽活动空间，充实教育资源，改善办公条件，优化学习环境，为全体师生营造良好的工作学习场所，全面改善办学条件，全方位提升我校的办学品位。

总之，由于多方面的原因，北街实验学校从创办那天起，就存在着明显的先天不足。目前，面对社会上择校热的持续升温和老城区名校的无度扩招，面对一潭死水般的用人机制，我们带着诸多的迷惘和无奈，在一条夹缝中艰难

◇ 心园絮语 ◇

前行。同时承蒙党和政府的关爱，带着上千名留守儿童和家长的期盼，我们将大胆正视现实，准确定位自己，竭尽全力，把自己能做好的事情做好。下大力气加强队伍建设，提升教师综合素质。古人云："书痴者文必工，艺痴者技必良"，只要我们痴于自己的事业，北街实验学校的面貌定将会有更大的改观。

（督导汇报材料节选） 2013.5.24

感受春天的气息

根据会议安排，我代表校委会就学校前半期工作做简要总结，并对后半期主要工作讲些安排意见，供大家参考。

一、前半期工作的简要回顾

本学年是世纪之交，是我国教育体制改革迈开关键步伐的一年，是全国人民在市场经济条件下接受教育和择业观念发生根本转变的一年。在新的学年里，我们面对高校和普高扩招的严峻形势，审时度势、调整思路、抢抓机遇、迎接挑战，招生工作取得了全面胜利，今年秋季入学新生首次突破了800人，名列全省第二。本学期开学初，我们乘着"三讲"教育的东风，从整章建制入手，严格遵循"教书育人，管理育人，服务育人"的宗旨，团结一心苦抓实干，使教学、政教、总务后勤等各项工作取得了阶段性成效，涌现出了一大批先进集体和先进个人。以上这些成绩的取得应归功于全体教职工和同学们的辛勤努力，我代表学校党支部校委会向在上学期期末及暑假期间，顶烈日、冒酷暑，加班加点进行招生宣传工作的师生及本期以来在各个岗位上为学校的发展做出积极贡献的教职员工，表示衷心的感谢！半学期以来，我们主要做了以下几方面的工作：

（一）以质量效益为中心的教学工作起步良好。

教学质量是学校的生命线，对职业学校来说，更是如此，这一点，早已在全校上下达成了共识。目前随着学校规模的逐步扩大，我校已有14个专业，40个教学班，教职工总数132人，任课教师达到96人。生源分布广，专业门类多，学生基础参差不齐，教师结构不尽合理，这就是我们的基本校情。怎样做才能使学生满意、家长放心、社会认同，这是我们在安排教学工作中首先考虑到的问题。鉴于此，我们寻立足点，找突破口，从大处着眼，从小处着手，强化措施，狠抓落实。

1. 完善制度，增强教学管理的科学性。

常言道，无规矩不成方圆。为了使教学管理工作有章可循，本期以来学校安排教务处、教研室负责制定了《教学常规管理制度》《考试、毕业证发放制度》及《教研工作制度》，这些规章制度既注重了目标管理，又突出了过程管理，切合实际，做到了信度、效度和力度的统一，它们的实施必将使我校教学管理工作逐步走上正规化轨道。

2. 落实常规，确保传统教学手段的基础性。

为了全面推进素质教育，给教学工作注入新的活力，我们要求广大教师养成良好的学习习惯，认真学习专业知识及现代教育理论，研究教育规律，探讨教材教法，积极推进教学改革。教研室指导汽摩组在全校进行了"借鉴双元制教学模式"公开教学，收到了良好的效果。理科教研组推行的"目标教学法"有声有色。其他各专业组都结合各自的实际，在教改方面做了有益的尝试。但是，我们认为，无论搞什么样的教改，都不能忽视传统教学手段的基础性。否则将是新的学不会，旧的又丢了，落一个邯郸学步的结局。本期以来，我们从教师的备课、上课、辅导、作业批改、成绩评定等教学工作的几个基本环节入手，狠抓了教学常规的落实。教务处通过检查教案、召开学习委员会及课堂教学问卷调查，组织听课，基本上掌握了每个任课教师教课的第一手资料。我们在肯定成绩的同时，及时地指出了教学工作中存在的一些具体问题，并针对问题就事论事分析情况，研究对策，使绝大部分教师增强了工作的自觉性和责任感。

3. 解剖典型，明确教学评价工作的方向性。

要从根本上解决教师学无目标、评价标准难以把握的问题。我们从教研组内做起，抓典型，带动面上的工作。学校有关负责人深入教学第一线，组织教师开展听课评课活动，前半期全校听课81节次，通过组内打分排名，评出了13名教学能手，学校组织这些教师召开了专门会议，交流了工作经验，并为学校今后的教学管理工作提出了许多建设性意见，决定让这些教学能手在后半期分别承担一次全校公开课教学，充分发挥榜样示范和典型引路作用。本期以来，我校下大决心加快了现代化教学基础建设步伐，电化教学已经真正地被提上了议事日程，电化教学手段的运用在部分专业中已全面推开。为了使全体教师尽快掌握技能，教务处组织、微机组牵头对年龄在45岁以下的教师进行了计算机等有关电教知识的培训。两位老师承担的全校性公开教学，无论从教学方法的选择，还是电教媒体的运用，都起到了良好的示范作用。

4. 正确引导，培养学生学习的自觉性。

结合新生入学常规训练，教育学生认真学习文化知识，掌握过硬专业本领。就全校而言，中医专业各个班级班风正、学风浓，成为学校其他专业同学学习的典范。表彰的先进集体中，该专业占到了一半以上。学校除了采取积极措施抓文化课、专业课和专业基础课外，还不断丰富第二课堂活动。校团委组织、各教研组积极参与的"中华颂"百科知识竞赛,内容丰富、知识面广,激发了学生的学习热情,从一个侧面有力地推动了各专业的教学工作。教研室指导、文科组主办的《教学文苑》,本期以来改进了版面,一期刊登学生稿件14份,这些作品,赢得了我校师生及校外人士的普遍好评。半期以来涌现出的11个先进班集体及124名学习模范、三好学生足以说明,良好的学风在我校已基本形成。

(二)以学生思想教育为中心的德育工作富有成效。

有人在论及德、智、体三方面在学生发展过程中的作用时,打过一个形象的比喻:体育不合格是次品,智育不合格是废品,德育不合格是危险品。这足以说明学校德育工作是非常重要的。多年的教育实践表明,学校德育工作是具有教育性、科学性、艺术性、社会性的育人工程。新时期德育面临着新旧体制的转换,变革的社会中并存着正负面,因此开展学校德育工作,无疑十分艰难。要适应这一转变,就要开拓新思路,寻求新办法,给德育工作注入新的活力。本期以来,面对学生人数猛增,生源构成复杂的现实,学校进一步强化了政教处的职能作用,认真落实了学生管理中的各项措施。

1. 狠抓了班主任队伍建设。

目前我校各个专业共有长短班40个,班主任几乎占到了任课教师的一半,成为我校教师队伍中一支不可忽视的力量。针对以往德育工作中的薄弱环节,本期以来学校有的放矢,要求班主任认真学习现代教育管理理论,认真研究学生的生理和心理特点,结合本班实际制定相应的管理措施,基本上改变了以往那种领导照灌、班级照搬、教师照讲、学生照听、费时费力、枯燥乏味、收效甚微的班级管理办法。中医二年级(2)班的班主任,利用班干部竞争上岗、优化组合、轮流主持工作的办法,培养了学生的参与意识和主人翁思想,班集体形成快,学生热爱学习、遵守纪律蔚然成风,在前半期的班级班风考核中，该班名列全校前茅，为其他班级树立了榜样。

2. 狠抓了学生常规管理工作。

本期开学初，学校下大力气抓了新生的入学常规教育。各班均采用不同的形式组织学生学习了《中学生守则》和《中学生日常行为规范》，政教处还制定了《学生常规》，并装订成框，下发各班，起到了一定的警示作用。同时，针对新时期职专学生的特点，学校除继续从纪律、学习、卫生、考勤等几个方面加强班级班风考核以外，还建立了人人重视，大家齐抓共管的德育机制。基本做到了德育与学科教育相结合，德育与课外活动相结合，德育与社会实践相结合，组成了德育管理工作网络，形成了校党支部亲自抓，德育工作领导小组分工抓，政教处、团委会具体抓，班主任负责抓，全校教职员工协助抓的德育工作新格局。

3. 以服务教学为中心的总务后勤工作进展顺利。

为了确保教学工作如期正常进行，我们一贯坚持的是"人马未动，粮草先行"，超前安排总务后勤工作。从上学期期末到目前为止，我校后勤工作用一句话概括就是"头绪多，节奏快"，取得的主要成绩是在硬件建设方面。为了解决师生食宿及教学用房问题，新建女生宿舍楼一幢，厦房18间，平顶房大小30间，教室38间，医疗室和食堂7间，使我校校舍建筑面积增加2920多平方米。连同供暖及其他装饰和配套设施，总价值达123万元。在学校统一安排下，总务处组织人员为远程教学设施、电教室、微机室、美容美发室、护理见习室等购置教学及实践实习用品和配套设施13万多元，为教学工作创造了良好的条件。与此同时，学校还自筹资金，新购教学办公桌椅180多套、高低架子床90套、单人床10套，满足了全体师生工作学习和生活的需要。为了进一步优化育人环境，我们把校园的绿化、硬化和美化作为校园文化建设的一项重要内容来抓。本期以来，总务处负责完成了校园生活区花园亭子的修建和装饰工作，硬化道路、院坪1030平方米，绿化校园500平方米，修建草坪护栏90多米。随着师生人数的增加，我校总务后勤工作的压力越来越大，在学校的统一安排部署下，全体后勤人员能够尽职尽责，使后勤保障工作基本能够按时到位。

回顾前半期的工作，在全体师生的共同努力下，我们取得的成绩是令人欣喜的。但是存在的问题也不容忽视。

在教学工作中现代化教学手段的运用还不能得心应手，部分专业的技能课实践操作环节还相当薄弱；在学生管理工作中，学校一手硬，班级一手软，"头疼医头，脚疼医脚"的问题仍然十分突出。门卫人员责任性差，制度要求形同虚设。后勤工作中由于管理不善，水电浪费相当严重；工作预见性不强，有时显得十分被动；师生吃饭问题虽已解决，但由于政策执行力度不大，致使个别食堂受利益驱动，有严重的无政府主义现象，在一定程度上影响了学校整体工作。就学生工作而言，个别班级班集体形成慢，集体荣誉感不强，管理制度、学习制度流于形式，各项措施落不到实处。迟到旷课、损坏公物、吸烟酗酒、打架斗殴、谈情说爱、聚众赌博等问题时有发生。

所有这些问题我们在今后工作中必须下大力气着力加以解决。

二、后半期及今后一个时期的工作打算

（一）要想方设法全面提高教师素质。

全省教育工作会议提出，今后五到十年，全省教育改革与发展的总目标是："确保一个重点，构建两大体系，实现三个优化，形成四个机制。"要实现这一目标，重要的一点就是建立一支高质量的教师队伍。目前职业教育正面临严峻挑战，必须不断加强自身建设，努力提高综合素质。而这一切都必须通过学习来实现。本学期，为了加强教学研究工作，督促帮助指导大家开展业务进修，学校专门成立了教研室，安排学习项目，确定教研课题，希望广大教师

◇ 心园絮语 ◇

能够积极响应。本学期以来，学校花了那么多钱，改善教学条件，增添教学设施，作为在教学工作中起主导作用的教师，不学习怎么能行呢？世界著名的教育技术专家霍克里奇说："任何先进的多功能的机器，在不会学习的人面前，充其量是一台玩具而已。"希望大家结合各自的教学实际和本专业的特点，认真学习现代教育理论，钻研现代教育技术，在业务上精益求精。力争在课堂上把每一个问题都能讲深讲透，做到深入浅出，使学生既能知其然，又能知其所以然。要坚决杜绝那种以其昏昏，使人昭昭的现象发生，使我校的教学工作尽早呈现出新的水平。

（二）不断总结经验，努力使学生管理工作再上新的台阶。

学校历来主张的都是全员育人，但是我们认为在学生管理上，班主任的作用举足轻重。一个合格的、称职的班主任首先必须具备五种能力，即敏锐的观察力、缜密的思考力、丰富的想象力、灵活的调度力、坚强的自制力。希望每一位班主任老师要切实认识到自身工作的重要性，不断总结经验，创造性地开展工作。要学会热爱学生，许多优秀的班主任、先进教师之所以在教育上取得成功，最根本的一条就是热爱学生。爱的情感是班主任开启学生心扉的金钥匙，最能唤起学生的自尊、自信、自强，最能拨动学生的心弦，所谓"亲其师方能信其道"，班主任热爱学生，对学生寄予希望，学生在心理上就会满足，就能切身感受到班主任的热切期望，对班主任产生发自内心的敬佩感，就能自觉地沿着班主任所主持的教育过程发展。因此，班主任一定要热爱学生，与学生建立起真挚的感情，引发学生对教师的崇敬信任和亲近情感，使师生之间产生心理上的共鸣，把教师对学生的教育要求内化为其自觉学习的意愿，激发学生的学习积极性和主动性。热爱学生就是要关怀学生、尊重学生、理解学生，严格要求学生，要真正做到：爱寓于严，严出于爱，爱而不纵，严而不凶。从学校方面来讲，要切实重视校园环境的德育功能，努力建设优美整洁的物化环境，完善有效的制度环境，创建丰富多彩的娱乐环境，培育团结和谐的人际环境，使学生在良好的校园文化环境中得到知识的养分，精神的升华、道德的内化、品格的熏陶、情操的陶冶、行为的训练、艺术的享受。此外，我们还决定从下周起，组织全校学生参观学校一些重要的设施建设，让全体同学都能了解校史，熟悉校情，热爱学校。我们还将继续主动同家长及社会多方面密切合作，做到学校教育、家庭教育、社会教育紧密配合，相互促进，扩展学校德育工作途径，真正做到齐抓共管。

（三）精打细算搞好后勤服务工作。

良好的后勤服务，是保持学校稳定的基本条件。学校的后勤工作，从本质上讲，是一项经济工作，后勤服务也是一项经济活动。因此，要十分重视经济效益。在今后一个时期内，我校的后勤工作要突出抓好以下三点：

1. 要加大各项制度执行力度。

本学期以来，我们面对后勤工作量日益增大的现实，修订完善了《水电管理制度》《公物管理制度》《小灶管理制度》，进一步明确了后勤人员岗位职责。制度有了，现在主要的是落实问题。全体后勤人员必须在学校的统一领导下，敬业爱岗、乐于奉献，在具体工作中，要敢于碰硬，要不留面子，不徇私情，确保公共财产不受损失。

2. 要把握好后勤工作的几个原则。

抓经济功能不忘教育功能，不忘优质服务，始终把增收节支、增产节约、挖潜改造放在首位，对外广开财路，把"等靠要"的管理模式转向"争创交"的管理模式；始终坚持思想教育和学校整体工作相结合，教育职工树立良好的职业道德、顾全大局、树立一盘棋思想，发挥主观能动性，处理好国家、集体、个人之间的利益关系。

3. 后勤人员要加强学习，增强工作的预见性。

◇ 心园絮语 ◇

在新的形势下，后勤工作出现了许多新矛盾、新问题，要正确处理好各种关系，推动学校整体工作正常进行。后勤管理人员要认真学习，把自己锻炼成为既懂教育又懂经济的专业人才，抓工作要突出效益，搞服务要讲求质量，要分清职责，明确权限，调整利益；要增强工作的预见性，强化宏观管理，搞好微观经营。

（四）要认清形势，明确目标，发奋学习，努力实现自己的人生价值。

同学们，学习是一种十分辛苦的劳动，我们能在这样舒适的环境里学习，已经是很不容易的了。为什么这样讲呢？大家可以先思考这两个问题，一是我们在这里一年要花费多少钱？二是父母亲靠血汗挣这些钱需要多少时间？能答出这两个问题我们就没有理由不学习。

目前，我们所处地区经济还比较落后，绝大多数同学来自农村，家庭生活比较困难，你们中间，一部分人珍惜学校这一段时光，吃苦耐劳，遵守纪律，勤学好问，取得了优异的成绩。今天奖励的"三好学生"和"学习模范"就是我们学习的榜样，还有一少部分同学，至今学习目的不明确，态度不端正，浪费，甚至在校园里挥霍自己的青春。

我们常说的孝道，是儒家的主要思想。今天，它作为中华民族思想文化的精髓，仍然需要我们继承。如果理解了这一点，单从孝敬父母、回报父母的辛勤劳动出发，也就能明确自己的学习目标了。晋朝时有一个人叫李密，他本来是蜀国的尚书郎，蜀国灭亡之后，晋武帝司马炎请他做太子洗马。他为尽孝道，写了一篇表文，谢绝做官，这就是历史上有名的《陈情表》。

"臣以险衅，夙遭闵凶。生孩六月，慈父见背；行年四岁，舅夺母志。祖母刘愍臣孤弱，躬亲抚养。臣少多疾病，九岁不行，零丁孤苦，至于成立。……但以刘日薄西山，气息奄奄，人命危浅，朝不虑夕。臣

守望心田

无祖母，无以至今日，祖母无臣，无以终余年。母孙二人，更相为命，是以区区不能废远。

臣密今年四十有四，祖母刘今年九十有六，是臣尽节于陛下之日长，报养刘之日短也。乌鸟私情，愿乞终养……"

武帝看后，非常感动，临表涕零，赐给他奴婢二人，并令地方州县供给赡养祖母的费用。《陈情表》对我们全体同学肯定有一定的启示作用。

在我们实际生活中，在我们的校园里，在我们的班级里，克服生活困难，发奋读书的也大有人在，中医四年级学生赵惠君、赵小燕，就是我们学习的典范。

同学们，知识就是财富，年龄也是财富。我们要趁年轻打好基础，实现人生价值的途径不仅仅只有一条，人生的选择也多种多样。古人说"学而优则仕"，但是社会发展到今天，成功的标准不仅仅是做官。最近，山东省垦利县县长门兴国辞去公职，到位于东营市区的私营企业山东黄河集团打工。门兴国今年42岁，是从柜台营业员一步一步走到现在岗位的。他在辞职申请中说，"经过多年的社会实践，我认为我本人更适合从事企业当中的具体工作。"门兴国辞职后，当地又有30多个机关干部辞去公职，去了私营企业，被称为"门兴国现象"。我们有些同学认为自己上了职专，失去了许多深造机会，剪断了自己发挥聪明才智的翅膀，事实并不是这样。人生最大的悲剧不是失去了什么，而是放弃了什么。

"好画流丹血作色，鲜花悦目汗入盆，浮云似物终成幻，不历艰辛不进门。"只要我们有明确的奋斗目标，有顽强的毅力和坚定的信念，无论走到哪里都有属于我们自己的一片蓝天！为了免除选择时的尴尬，彷徨时的凄迷，蔓草埋路时的艰难，满头飞霜时的苦恨，我们需要重组认知框架，认识到学校具

◇ 心园絮语 ◇

有一种"炼狱"意义。我们要在这里练出宽宏的道德良心和济世情怀，练出高超才能、广博学问、深远见识、强健体魄、坚韧毅力。若依旧视校园为"伊甸园"，游戏其间，这便是你人生旅程的最后乐园。如果现在躺下来睡大觉，那你的未来一定是噩梦连绵。年华如水逝，一个因感悟到人生有限而十分珍惜生命的人，会争分夺秒、自强不息，全力以赴地为生活和事业奋斗。同学们，让我们现在用不断的努力，开拓明天成功的道路！

　　老师们、同学们，回顾过去，令人鼓舞；展望未来，任重道远。我们的学校在不断克服困难、开拓进取中走过了12年，办学实力日益增强，师资队伍不断壮大。今天在教师队伍中，年轻人占到了百分之九十，他们精力充沛、思想活跃、上进心强，是我校发展的希望所在；中年教师，正处在人生的盛夏季节，他们经验丰富、思想成熟、工作稳妥，是我们事业的桥梁和纽带；老年教师，从过去到今天，在学校的发展中洒下了辛勤的汗水，做出了巨大的贡献，成为学校宝贵的财富，"老牛自知夕阳短，不用扬鞭自奋蹄。"今天，他们仍在默默耕耘、积极奉献、甘当人梯扶持后起之秀，表现出了高尚的道德风范，值得我们尊敬和爱戴。

　　老师们，同学们，今天是农历十月初七，再有5天时间就要立冬了。我想起了世界著名诗人雪莱的诗句："冬天已经来临，春天还会远吗？"只要我们全校上下，团结一心，共同努力，我相信明天的日子肯定会比今天更好！

（陇东职业中专中期工作总结大会上的讲话）2000.11.2

"立德树人"是永恒的话题

在举国上下庆祝共和国诞生62周年的大喜日子里,我们陇东职业中专带着社会的深切关注,带着家长的殷切期盼,带着全体师生的良好祝愿,冒着9月绵绵的秋雨,进入了新的学年。今天,我校一千多名学生欢聚一堂,隆重举行2011—2012学年度第一学期开学典礼。借此机会,我代表学校向在过去的一年里,为学校发展作出辛勤努力的全体教职工,表示衷心的感谢!向大会表彰奖励的先进集体和个人表示最热烈的祝贺!向刚刚步入我校的全体新生同学,表示诚挚的问候!

为了鼓舞士气,凝聚力量,实现既定的目标,我想借此机会对同学们提出几点希望,供大家在新学年的学习和生活中参考!

一、学会做人

做人的学问很多,简单地说,就是要以德立身。古人云:"无才可以用,无德不可以用。"一个没有德行的人,哪怕是满腹经纶,对社会也没有任何益处。我校绝大多数同学来自农村,西部地区的农村目前还很贫穷,用一位报告文学作者的话说,"在中国的农村里,有你想象不到的贫穷,想象不到的罪恶,想象不到的苦难,想象不到的无奈,想象不到的抗争,想象不到的沉默,想象不到的感动和想象不到的悲壮。"我们来自农村,不能忘记父母的辛劳。我校学习生活条件非常优越,等到你们完成学业,步入社会的时候,人品、修养、素质将成为用人单位首先考虑的因素,因此从现在开始,你们就要从一点一滴做起，严格要求自己，要举止端庄、谈吐文雅、尊重老师、团结同学、热爱生活、崇尚劳动、勤俭节约，会维护社会公德，要有明确的是非观。坚决反对铺张浪费，拒绝吸烟酗酒、打架斗殴、破坏公物、聚众赌博、顶撞老师、不服管教等不良行为，做一个堂堂正正、光明磊落的人。

二、学会学习

到职业学校就是要学习一技之长。要学好一技之长，并非轻而易举的事情。许多同学身在曹营心在汉，至今还因没有进入普通中学大门而悔恨惋惜。部分同学认为，上了职业中专，似乎是一种残缺，这种认识是非常错误的。有这样一个故事：有两只水桶，一只是崭新的，一只是年久失修，四面漏水。主人用这两只桶提水，左手提旧桶，右手提新桶，每天在山路上往返几次，每次到家，旧桶中的水就漏掉了许多，主人对旧桶另眼相看，对新桶倍加珍爱，新桶也在嘲笑旧桶，旧桶默不作声。鄙夷不屑，可人们发现提水人走过的山路，左边鲜花盛开，蜂蝶如云，而右边仍是光秃秃的一片。这个故事告诉我们，适度的残缺也可以造就一片美丽。明白了这个道理，大家就应该振作精神，扬起生活的风帆，用顽强的毅力实现自己的人生价值。同学们，你们要明白，主宰你未来的仍然是你自己，虽然学习本身是一件十分辛苦的工作，蜻蜓点水浅尝辄止的做法，都将一事无成。我校的学科门类较多，专业设置齐全，无论哪个年级，无论哪一个专业，学校都是一视同仁。你们要向老师学习，向书本学习，在实践中求得真知。一技在手，你将会受益无穷。

三、学会从业

我们学校所开设的专业很多，无论哪一个专业，无论哪一个年级，都没有高低之别，更没有贵贱之分。我们在搞好学习的同时，要不断了解社会，从现在起就要树立正确的择业观。先就业、再择业、先吃苦、再享受。国家的基本政策是"缴费上学，自主择业"，多少大学毕业生为找到一份工作，四处

奔波，苦不堪言。我们要彻底消除那种好高骛远、志大才疏的陋习。大家要深信是金子在哪里都可以发光！

老师们，从事职业教育是我们的选择，这就决定了我们所处的环境相对封闭，我们所从事的事业周而复始。由于我们处在西部落后地区，用含辛茹苦形容我们的生活在一定程度上毫不过分，但是大家都应该清楚，人生最大的贫穷是精神的贫穷，人生最大的悲哀莫过于心灵的死亡。我们是新时期的教育工作者，因此必须树立现代教育理念，必须彻底摒弃"两支粉笔一本书"的做法，认真学习现代教育理论，认真钻研专业知识，提高自身的综合素质。多年的教育实践表明，学生对老师的崇拜，首先是对其知识水平和能力的崇拜，常言道：学高为师，身正为范，一个高水平的教师，永远都会受到学生的尊重。希望大家用自己渊博的知识、敏锐的思想、开阔的视野和谦逊宽容的品质所闪现的人格魅力赢得学生的尊重和敬爱。我们要学会既关爱学生，又严格要求学生，用自己辛勤的汗水为学生铺垫人生大厦的基石。如果能够这样，我们的生活虽然清苦，我们也会因远离空虚而其乐融融！

中秋时节，阴雨连绵，但是大家在为一份平凡的工作而劳碌时，只觉得有雨趣而无淋漓之苦，这说明，只要心灵是晴朗的，世界就永远都是绚丽的春天！

我们生活在一所年轻的学校，我们拥有一支充满活力的教师队伍。年轻是生命力的象征，年轻是美好的代名词。列宁说过："谁掌握了青年，谁就拥有了未来。" 希望大家认真学习，努力工作，不负众望，时时处处能够展示出年轻人的作风、年轻人的魄力、年轻人的水平和年轻人的风度。

老师们、同学们，梦想和现实之间，有时是咫尺之隔，有时竟成海天之遥。在新的学年里，为了使我们的梦想早日变成现实，为了使我们的学校有一个更加灿烂的明天，我相信大家一定能够以崭新的姿态、高昂的斗志、饱满的热情，为学校的发展壮大付出百倍的努力。因为甜蜜的梦谁都不会错过！

（在陇东职业中专开学典礼上的讲话）2011.9.15

师生的形象要常新

又是一个金风送爽的季节。刚才，我们全体师生集会，隆重举行了本学期的第一次升旗仪式，这标志着新学年的工作今天已经正式开始了。

学校工作周而复始，开学初的一切又是千头万绪。2018—2019学年度，将是北街实验学校发展史上极不平凡的一年。在这一学年里，学校将会有两项重大的变化。一是基础设施建设实现质的飞跃。目前2900平方米的师生食堂建设已接近尾声，校园管网改造及学校大门、围墙的建设正在紧锣密鼓地进行。过不了多久，我们的校园将会变得更加美丽，我们的学习、工作、生活条件将从根本上得到改善。二是学生人数创下了历史新高。今年秋季，入学新生已达到1300人，全校学生数突破3500人。

面对新的形势、新的任务，我们深感压力巨大。全体师生是学校的主人，学校的兴衰与我们休戚相关。为了不负众望，办出我们应有的水平，我借此机会，讲三点希望。

一、新学年要有新气象

人要有精气神，学校要有新面貌。我们要以崭新的姿态，从走好第一步开始，严明校纪校风，抓好学生的养成教育。尤其是起始年级，要集中力量抓好入学常规训练。全体学生要养成尊敬师长、热爱学习、遵守纪律、团结同学、

讲究卫生、爱护公物的良好习惯，做新时代合格的中小学生。全体教师要率先垂范，做师德高尚、业务精良、识大体、顾大局、守纪律、讲奉献的好教师。

二、新学年要有新举措

我们的办学宗旨是"办百姓学校，做平民教育"。全体教师要严格执行课标要求，认真钻研业务，创新方法，向课堂要质量；要认真研究学情，因材施教，确保教学常规落到实处。全校上下要形成浓厚的学习氛围，创建书香校园，办好诗性教育。

三、新学年要有新目标

经营三千多人的学校，我们责任重大。所有工作都要抓好细节。各部门、各年级组要精诚团结，同舟共济，一切工作都要服务教学工作这个中心，要把教书育人、管理育人、服务育人落到实处，力争使教学质量再上新的台阶。古人说："书痴者文必工，艺痴者技必良。"希望大家振作精神，把自己最精彩的一面留给关注北校发展的所有的人。

（国旗下即席讲话）2018 .8.25

教育情怀是校园的内核

在国庆七十周年及第三十五个教师节即将来临之际，我们迎来了新的学年。今天，新学年新学期的工作已全面步入正常。走进校园，形势喜人，形势逼人。我们学校在而立之年迈入了特大规模学校的行列。截止到上周末，全校学生已达到4237人。大学校就要有大学校的气度、大学校的涵养、大学校的作为。为了不负众望，达到我们的预期目的，我讲几点希望和要求。

一、振作精神，满怀信心，为学校的颜值添彩

五月底我们举行了三十年校庆。单位和人一样，而立之年，正是踌躇满志，意气风发的大好年华。新的学年里，我们要满怀希望，从我做起，从小事做起，下大力气加强校园文化建设，把"人要精神，物要整洁"的要求落到实处，使我们的学习、生活、工作环境干净清爽、和谐健康，时时有新内容，处处有正能量。

二、抓好细节，防微杜渐，使养成教育结出丰硕成果

我们是九年一贯制学校，在这个学段，良好行为习惯的培养至关重要。从小学一年级着手，就要下实手抓好爱国主义教育，文明礼仪教育，感恩教育，劳动教育。全体同学要热爱祖国、热爱集体、尊敬师长、团结同学、热爱学习、热爱劳动，从小要树立远大理想，要同那些语言粗野、行为散漫、吸烟酗酒、打架斗殴、迟到早退、不讲究卫生等不良行为习惯作斗争，做一个品学兼优的学生。

三、惜时如金，发奋学习，全面提升教学质量

不讲质量的教育是极大的浪费和犯罪，我们永远都要把教学工作放在学校一切工作的首位。全体教师要认真学习现代教育理论，全面掌握现代信息技术教育，以人为本，提高课堂教学质量，专心致志搞好本职工作。全体同学要刻苦学习，上好每堂课，做好每一次作业，开展好第二课堂活动，消除厌学情绪，不耻下问，培养良好的学习品质。

老师们、同学们，我们每天度过的都是一个平凡的日子，只要我们有教育情怀，我们怀揣自己的梦想，平凡的日子也有诗情画意。希望我们的学校越来越好！

（国旗下即席讲话）2019.9.5

我们要有国际视野

敬的各位领导、德国专家、尊敬的各位来宾、各届校友、亲爱的老师们、同学们：

金秋送爽、硕果飘香，今天我们满怀丰收的喜悦，欢聚一堂，庆祝陇东职业中专20华诞及中德项目落成10周年！值此，我代表学校全体师生员工，向多年来关心支持我校职教事业的领导及社会各界人士，表示热烈的欢迎和崇高的敬意！向曾在陇东职专生活和奋斗过并为学校发展作出贡献的同志们、朋友们表示衷心的感谢！向正在天南海北、各行各业辛勤工作，展示着陇东职业中专风采的校友们表示亲切的问候和良好的祝愿！

回顾二十年的风雨历程，过C级，越B级，上A级，一直到今天的国家级重点职业学校，中德合作项目学校，陇东职业中专走过了一段发奋图强和快速发展的历程。这既是一部自强不息、艰苦创业的奋斗史，又是一部满怀理想、开拓创新的发展史。1988年9月，我校在原董志中学高中部的基础上正式成立，1994年9月与董志中学分校独立办学。随着办学规模和实力的不断壮大和省教委"A"级验收的通过，1997年校名由原来的"西峰市董志职业技术学校"晋升更名为"陇东职业中等专业学校"。建校之初，校舍简陋，仅有36间平房和3个专业、152名学生、12名专业教师。20年后的今天，学校已发展成为占地152亩、建筑面积3.62万平方米、23个专业、168名教职工、在校学生达2400余名，教学硬件设施500多万元，固定资产1670万元，被誉为"人才基地，致富

◇ 心园絮语 ◇

摇篮"的学校。20年来，我校几次经历变革和起落，几次涉难履险，陇东职专人面对困难和挫折，愈挫弥坚，顶住了生存发展的巨大压力，以坚定的信念和顽强的意志，团结一心、艰苦奋斗，转变办学机制，创新办学模式，一方面紧贴市场、立足校情，实行校校联合、校企联合；另一方面强化内部管理，增进对外交流，扭转了发展中的被动局面，使学校走上了良性发展的轨道，并取得了令人欣喜的成绩。

回首陇东职专的20年，是薪火相传，拼搏相继的20年；是脚踏实地，负重前行的20年；是自强不息，锐意创新的20年。奋进中，我们总被老一辈陇东职专人爱岗敬业、严谨治学、甘为人梯、无私奉献的优秀品质激励着，我们总被老校友们刻苦学习、立志成才、孜孜以求、干事创业的坚定信念感动着。

忆往昔，时光如水，那是激情燃烧的岁月；看今朝，生命如歌，这是壮志凌云的征途。今天的陇东职专人正和着时代的节拍，载着先辈的愿望，大胆探索着新形势下职教发展的新规律，创造着职教事业的新辉煌。在学校管理上，我们全面贯彻党的教育方针和《职业教育法》，强力推进素质技能教育，以铸造陇原职教名校、国家级示范职校为奋斗目标，"面向市场，创新机制，突出特色，打造品牌"，不断完善各种管理制度，充分调动了广大师生工作学习的积极性。在师资队伍建设方面，我们积极争取国家和省级骨干教师培训政策，并与德国汉斯·赛德尔基金会合作，在德国本土及其在华项目点培训教师累计达到125人次，同时利用以老带新、岗位练兵等办法，强师德、练师能，培养出了一支业务水平高、敬业精神强、好学上进、乐于奉献的教师队伍；在教学硬件建设上，我们开源节流、量体裁衣，依托项目，立足校情，建起了能满足各个专业教学需要的具有较高水平的实习实践场所，使办学条件有了极大的改善。由于有了正确的办学思路，科学的管理模式，优良的师资队伍，先进的教学设备，我校教育教学质量稳步提高。20年来累计向社会输送合格的实用技术人才22595名，为促进农村富裕劳动力的质量转移，推动经济发展做出了突出贡献，收到了良好的社会效益和经济效益。近年来，我校先后获得省、市、区奖励25次，2007年在全市职业教育首轮综合督导评估中，我校又以较大的优势名列国家重点学校第一。我校学生在全国职业学校学生技能大赛中有3人获奖，20多人次获得省级技能竞赛奖励，1人获得国家级"三好学生"殊荣，5名教师获得省级"优秀指导教师"奖。今天，陇东职专人正在以崭新的姿态，饱满的热情，乘着国家大力发展职业教育的强劲东风，脚踏实地，埋头苦干，迎接更大的胜利。

回首往事，我们无限感慨；展望未来，我们信心百倍。目前，陇东职业中专正面临着难得的发展机遇。借此机会，我深切地希望各级领导能一如既往地给陇东职专以大力支持，希望我校各位老领导、老校友常回家看看，希望各位嘉宾及国际友人、教育界的同仁们多多给予关注，同时，也希望陇东职专的全体教职员工精诚团结，同舟共济，承担起学校振兴的历史重任，努力续写陇东职业中专发展史上的辉煌篇章。

最后，再次感谢各位领导、嘉宾、校友和各界朋友们前来参加我校建校20周年及中德项目落成10周年庆典，祝愿大家工作顺利、身体健康、万事如意，祝愿陇东职专明天更加美好！

谢谢大家！

（陇东职业中专建校20周年及中德合作项目落成10周年庆典上的致辞）2018.10.28

◇ 心园絮语 ◇

实力能产生魅力

在举国上下喜迎建国70周年庆典及中华民族的传统节日中秋佳节的日子里，北街实验学校带着社会的深切关注、家长的殷殷期盼，冒着董志塬上绵绵的秋雨，步入了新的学年。今天上午，我们全校4600多名师生员工欢聚一堂，隆重集会，举行2019—2020学年度开学典礼，并庆祝第35个教师节。值此机会，我代表学校党支部、校委会，向在过去的一年里，关心支持我校发展的社会各界人士表示衷心的感谢，向为学校的发展壮大付出辛勤劳动的教职工表示节日的祝贺！"戍鼓断人行，边秋一雁声。露从今夜白，月是故乡明。"昨天白露刚过，今日秋意渐浓，时间过得真快，转眼间又是一个新的学年。为了提振精神、鼓舞士气，我谈三点体会，与大家分享。

一、会管理时间的人，人生都很精致

鲁迅先生说过："时间，每天得到的都是24小时，可是一天的时间给勤勉的人带来智慧和力量，给懒散的人只留下一片悔恨。"本学年是我们学校发展史上非常关键的一年。在过去的一学年里，我们的学校实现了跨越式的发展，无论是基础设施建设还是办学规模，都上了一个新的台阶。我认为学校的规模大了，社会的关注度高了，我们的责任也就重了，全校上下必须惜时如金、只争朝夕。我们承担的是九年义务教育，九年的时间一晃就过了，我们绝不能浑浑噩噩、碌碌无为。全体教师要带头学习，苦练基本功，尽职尽责地把每一堂课上好，要在知识积累、教学艺术的掌握上下功夫，要把自己最精彩的一面留给学生。全体同学要树立远大理想，培养良好的学习习惯。上课专心听讲、勤学好问，要消除一切厌学情绪，要远离游戏，合理使用手机，争分夺秒，把最宝贵的时间用在学习上，做一个品学兼优的学生。今天抓住了时间，打好了基础，未来的生活就会充满情趣。相反，如果我们年轻的时候，睡眼惺忪，将来生活的路上，一定是噩梦连连。"少年易老学难成，一寸光阴不可轻，未觉池塘春草梦，阶前梧叶已秋声。"

二、有教育情怀的人，最先能感知到美

美国著名的教育家杜威曾说过，教育能够占卜人类的未来，人类的未来不在预言家的口中，不在科幻者的脑中，却实实在在地附丽于今天担在我们肩头的教育上，我们有着怎样的教育，便将有一个怎样的未来。教育之美，是人间大美，有教育情怀的人，最先才能感知到这种美。我们要热爱教育事业，我们要热爱生活在这个城市最底层的人、热爱我们的学生——来自几千个家庭的进城务工人员子女和留守儿童。因为我们办的是百姓学校，做的是平民教育。我们的教育对象比较特殊，我们不搞精英教育，我们只想让城市中的穷人得到些许温暖，让他们在子女身上能看到与命运抗争的希望。因此我们的事业既美丽又沉重，恰是因为这份沉重，使我们更明白这份美丽不轻浅、不浅薄。在一些名校急切地将自己的"兴奋点"与一些时下含金量颇高的名词捆绑在一起的时候，我们只愿意抱一颗平常心，在这所百姓学校里固守这有分量的美丽。在我看来，教育之美，就是使一个平凡的学校成为千万人顾念的精神故乡；教育之美，就是使一个清平的教师有笑傲富豪的充分理由；教育之美，就是使一个角落里的孩子有勇气仰着脸走到舞台中央。

三、能自律的人，未来才会走得更远

无规矩无以成方圆。一所学校从教师到学生，都能严于律己，办学目标才有可能实现。能够自律的教师，才有可能不断地获得自身的发展。在教育理

念日新月异，教育改革突飞猛进的新时代，促进教师发展才是改善学校的最有效的方法。也就是说，能真正的振兴一所学校的是一种内在的精神力量，是一种来自全体教师的专业成长与教育激情的唤醒。没有优秀的教师及校长，学校只不过是空空如也的自习教室，即使拥有完善的教学设施，孩子们也无法实现真正意义上的学习与成长。每所优秀的学校必须拥有的核心力量，就是一个优秀的教育者团队。这对所有学习者的意义都是非凡的，就像一个怀念母校的学生，在他的心目中，那里必然会有一位他所感念的教师，给他以受益终身的影响。学校是启蒙思想、开启智慧、启迪心灵的地方，而这一切都需要一支优秀的教师队伍，他们是传扬学校精神，推动校园文化建设的核心力量。学校有师道，教育才有尊严。教师是学生的镜子，是他们心目中理想的模板。希望大家严于律己，在通向未来的路上，越走越好，离完美越来越近。

（在庆祝第35个教师节暨2019—2020学年度开学典礼上的讲话）2019.9.10

桃李芬芳三十年

正当董志塬上槐花飘香，月季争艳，草木吐翠，暖风传情的美好时节，我们迎来了西峰区校园文化启动仪式和北街实验学校建校30年庆典。值此良辰美景，我代表学校4000名师生向大家的到来表示最热烈的欢迎和衷心的感谢！

30年前，正值改革开放的春风吹拂神州大地，教育的春天如期而至。西峰区北街实验学校带着党和政府的殷切关怀，带着无数家长的深深期盼，在周边农民和进城务工人员子女无尽渴望的眼神里，应运而生了。4名教师，86名学生的一所学校就此诞生。校舍简陋、师资短缺、教学硬件设施一穷二白。早期的北校人把信仰和追求，责任和担当作为动力，栉风沐雨、筚路蓝缕，在杂草丛生的校园里升起了五星红旗。

30年来，学校认真贯彻党的教育方针，把"立德树人"作为教育的根本任务，遵循"崇德、博学、健体、尚美"的校训，倡导"团结、进取、求实、创新"的工作作风，教师专业素养得到了很大提升，学校发展呈现出良好的势头。学校管理日趋规范，教育教学质量稳步提高。自设立初中部以来，已累计为庆阳一中、庆阳二中等各级各类学校输送了5981名优秀毕业生，赢得了社会的好评。

30年来，全体北校人立足现实，艰苦创业，抢抓国家发展基础教育的机遇，争取政府项目资金3000多万元，硬件建设上了一个又一个台阶，办学规模不断扩大，校容校貌焕然一新，师生工作、学习、生活条件得到了极大的改善。目前学校已发展成为一个拥有在校学生3669名、63个教学班、教职工261人、校园占地面积27074平方米、建筑面积21470平方米、固定资产4952.43万元的较大规模学校。

30年来，我们清楚地认识到，校园是学校领导者引领师生张扬个性、放飞希望，诠释生命永恒的栖息地；是追求智慧教育，构建师生快乐成长的精神家园。我们始终把校园文化建设作为育人的重要因素，树立"以人为本"的理念，倡导朴实的教育，营造健康向上的育人氛围，让学校的一草一木、一砖一瓦都发挥出育人功效。全体北校人身体力行，构建和谐校园主旋律。我们关注教师的需求，努力营造理解与尊重，支持与合作的氛围，让所有教师都能在信任与关爱中体验生活的美好和人生的幸福，让所有的学生都能在轻松有序的环境中感受学习的快乐。多年的教育实践，使我们共同认识到，教育的最高境界就是要寓教育于朴实的生活之中，进行潜移默化地熏陶，在精

◇ 心园絮语 ◇

神乐园中徜徉，达到心灵的融合，智慧的碰撞，灵魂的对话。

过去的30年，是北街实验学校全体教师风雨同舟、艰苦创业的30年，是自加压力、负重前行的30年，是春风化雨、桃李芬芳的30年。进入新时代，全体北校人站在历史的起点上，回顾过去，审视现实，我们以"办好百姓学校，做强平民教育"为己任，人人捧出一颗对教育虔诚、对学生真诚的心，一颗淡泊名利、无私忘我的心，用自己的劳动，彰显北校人的诗意情怀。

各位领导、各位来宾！

教育是最需要纯粹精神的事业，我们的学校应该是一堆火，我们的每一位教师都应该是一盏灯。这盏灯，应该谛观宇宙，发现人生之真；应该照亮爱心，还原生命之善；应该充满梦幻，留住教育之美。

古人说，书痴者文必工，艺痴者技必良。我们要以崭新的姿态，饱满的热情、高昂的斗志，脚踏实地，埋头苦干，为西峰教育事业的发展奉献自己的一分力量！

祝西峰区校园文化建设百花争艳，异彩纷呈！

祝愿北街实验学校的明天比今天更好！

谢谢大家！

（北街实验学校建校30年庆典上的致辞）2019.5.28

管理班级是一门艺术

班主任必须热爱学生。教师的工作辛苦，教师的工作周期长、见效慢。

把一个活生生的人教好、管好，而且不断地要有进步，是一件十分辛苦的事情。教师要热爱学生，班主任更是如此。热爱学生，才有可能亲近学生，才有机会了解学生，才能在班级管理工作中有的放矢、对症下药。

班主任必须要有创新意识。学生是活生生的人，学生管理和疏导工作是一个动态过程，班主任必须根据学生的学习状态、思想动态的变化，不断地创新工作方法。要有新点子、新方法、新措施、新语言，不断开创班级管理工作的新局面。

班主任必须要有持之以恒的精神。我们面对的是未成年人，未成年人的自律意识差、可塑性非常强，有了管理制度，有了工作措施就会有成效，但是我们如果一曝十寒，最终必将前功尽弃。

班主任工作必须从细微处着手。班级管理无大事，学生的习惯养成都是从细小处开始的。学习习惯、纪律习惯、卫生习惯、礼仪习惯、言谈举止、吃喝拉撒，一开始的时候都需要有规范有约束。作为班主任，要经常走在学生前面，处在学生中间，正确引导，严格管理，规范要求，使学生的养成教育不打折扣。

班主任必须学会多方面的沟通。教育学生绝不是一个人的工作，对学生的教育绝不是从教师进入课堂才开始的。班主任要学会经常性地同家长沟通、同任课教师沟通、同学生沟通，只有这样才能形成管理的合力。

2018.1.9

"养成教育"十分重要

认真研究学生，班级管理要规范化。学生的身心发展是有规律的，作为班主任，只有熟知学生的特点，在班级管理上才能对症下药，才能因人施策，才能有的放矢。因此要增强工作的主动性，就要不断了解学生，了解学生家庭状况，了解学生素质现状。

抓好关键时期，养成教育要常态化。学生管理要细水长流，切忌一曝十寒。尤其是起始年级，要抓细节、抓盲区、抓死角，力促良好的班级班风形成。

抓业务提升，德育工作要科学化。创新工作方法，创新语言形式，要和各方保持经常性沟通。严禁感情用事，要管控好自己的情绪，坚决禁止体罚和变相体罚学生。

目前，小学38个班，初中23个班，61名班主任，一个班上有问题是六十分之一，具体到一个学生就是百分之百。安全无小事，教训惨痛，希望大家提高认识，体罚学生既不符合教育法规和师德规范，又是引火烧身。我们是社会中的弱势群体，经不起折腾，大家至少要从保护自己的角度来认识这个问题。

2018.9.20

班主任应该是最优秀的教师

班主任要有炽热的教育情怀。目前我校中小学共有74个教学班，在这样一所超大规模的学校里，班主任成了教师队伍的主体，学校承担教书育人的重任，班主任首当其冲。班主任的工作非常琐碎，班主任的劳动非常艰辛。班主任一定要有教育情怀，要从心底里热爱这份事业，要热爱学生。我们承担的是九年义务教育学段的教学任务，小学低年级主要是培养学生良好的习惯，习惯的养成必须从细节入手，必须从一言一行开始。从小学高年级到初中阶段，要对学生进行爱国主义教育、人生理想教育，把成人成才教育放在重要位置。未成年人自制力差，班主任必须心细如发，要从严要求学生，发挥好引领和陪伴的作用，教育学生，引导学生。"亲其师，方能信其道。"热爱这份事业，热爱学生是做好班主任工作的前提条件。

班主任要有全新的教育理念。时代在变，社会结构、家庭结构出现了多元化发展的趋势。班主任必须加强学习，要熟悉教育规律和新时期少年儿童身心发展规律。要学会倾听，学会开导，学会沟通，要用新的理念教育引导学生健康成长。要随时善于发现学生思想行为上的一些细微变化，要防微杜渐，把学生的学习、纪律、卫生、安全等问题拿到手上。要用现实的例子，用身边的人和事教育学生遵守纪律、勤奋学习、感恩父母。有些道理要天天讲、时时讲，让学生的周围始终充满正能量。

班主任心中要有教育学生的章法。养成教育听起来非常笼统，其实每一项内容都能分解成一个个具体的指标。养成教育必须抓细抓早，而且是常抓不懈。我们的学生习惯很差，与家庭环境有极大的关系，班主任除了教育学生外，还要教育家长，力争使他们在孩子教育上同学校形成合力。

我校班主任队伍年轻人很多，思想活跃，精力充沛，在学生的教育上要有爱心、有耐心，不能漫无目标，而是要有计划、有步骤，"勤"字当头，开始吃点苦，以后的工作虽不能一劳永逸，但可以事半功倍了。

2019.9.5

成长，我们共同的责任

感谢大家在冰天雪地里参加孩子的家长会。学校召开这样的会很不容易，5000人相聚在一起，场面十分壮观，目的只有一个，就是我们坐下来，面对面，推心置腹，畅所欲言，共同研究学生的成长教育问题。

北街实验学校建校31年，现有4600多名学生，81个教学班，小学部52个，初中部29个，教师299名，是全市同类学校中规模最大的。

在座的各位是学生的家长，我本人是这个5000人家庭的家长。不当家不知柴米贵，我深感责任重大。

借此机会，我讲三点希望，供大家参考。

一、再忙也不要忘了学习，要做个新时期合格的父母

我们常常希望自己的孩子好好学习，做一个好学生，今天我要求大家学习，许多人听起来不可思议，其实"不可思议"的原因在于长期以来，在孩

子的教育上，许多家长缺位了。美国心理学家哈里森说："帮助儿童的最佳途径是帮助父母。"多年的学校教育实践使我们深刻感受到，如果没有相当水平的家庭教育做基础，那么学校教育的任何努力都会事倍功半。现实中，家长的学历虽然不断提升，但大多数没有教育的专业背景，也缺乏育儿经验，在陪伴孩子成长中，常常会有一种无力感和焦灼情绪。因此今天我在这里要求家长学习，主要是为了提升大家的胜任力。不学不行了，不学习的家长思想就会落伍，教育孩子的方法、手段就会失之简单，甚至是粗暴的。

二、再难也要心态阳光，要做个人人眼中通情达理的父母

最理想的教育，是有担当有为的校长，认真负责的老师，通情达理的家长，勤勉努力的学生，四位一体，缺一不可。当下由于多方面的原因，在学生的教育管理中出现了一个怪圈，就是家长不愿管，老师不敢管，社会上无人管，这是教育的悲哀。其实无论是学校还是家庭，教育学生的目标是完全一致的。在我们北街实验学校，每一个学生是学校的四千分之一，在家庭就是父母的全部。一个优秀的孩子，其背后的家庭一定充满尊重、书香与爱，父母不说博古通今，但一定通情达理。同样，一个问题学生，他们的家庭无疑有这样那样的欠缺，他们的物质和精神世界里肯定有这样那样的不幸。作为家长，无论在什么情况下绝对不能因为自己生活上的苦和累而迁怒于自己的孩子。情绪稳定的父母，是孩子一生安全感的来源。有一句话是这样说的："幸运的人用童年治愈一生，不幸的人用一生治愈童年。"大家一定要熟知这些道理。老师要责无旁贷地关爱每一个学生，家长更应该全方位理解老师，要支持老师及学校的工作。我们要共同努力，搞好家校合作。家长要发挥好孩子人生第一任老师的作用，正确理解教育，充分信任学校，真心支持老师，让孩子快乐学习，健康成长。

三、再渺小也要有梦想，要做个能看到远处的父母

我们办的是百姓学校，做的是平民教育。为什么这样定位呢？这是我到北校担任校长以来，经过深入调查研究后形成的一个思路。再说具体点儿，我们办的是普通人的学校。我们的学生家长，虽然生活在这个城市，可大多数都是处在城市最底层，与富贵几乎不沾边，这有具体数字为证。目前，进城务工人员子女和留守儿童青少年占到我校全部生源的百分之九十以上。中国的贫穷，现在出现了代际传递的现象，也就是说"一代穷代代穷"。我们要有同命运抗争的勇气，我们走出贫穷的希望就是孩子。读书是门槛最低的高贵举动。著名作家王安忆说："教育是迄今为止，最有可能公平地给予我们变好的机会。"各位家长，我们在教育孩子的时候，一定要不忘给他们灌输"吃得苦中苦，方为人上人"的道理。要经常问孩子，"你将来准备干什么？"现在的孩子衣食无忧，没有忧患意识，总认为父母可以陪伴其一辈子，他们中的许多人不想吃苦，不爱劳动，不懂得感恩，对学习没有正确的认识，等到有一天生活作难了，那就迟了。

学习，你无论采取什么样的方法，都是很苦的差事，谁想偷懒，谁想投机取巧，就永远都不可能成功。

各位家长，一个人最大的成功，就是培养出了优秀的孩子。一个人无论自己多么努力，多么富贵，如果有一个不成器的孩子，他的人生必定会变得晚景惨淡。

让我们共同努力，为你们的孩子成人成才，尽好共同的责任！

2020.11.21

女人应该活得精彩

今天是一个喜庆的日子，我们欢聚一堂，共同庆祝三八妇女节。由于过了激情燃烧的年龄，自然就写不出令人心神荡漾的文字，谈点感想，和姐妹们共同探讨。

优秀的女人要有自己的事业追求

女人是美的象征，是家的代名词。正因为这些，女人的社会属性就被人们普遍忽视。其实女人也是人，她们的梦想绝对不是锅碗瓢盆，一个优秀的女人一定要有自己的事业追求。有勇气改变可以改变的事情，有胸怀接受不可改变的事情，有智慧来分辨两者的不同。

作为一名女教师，我们生活在时代的聚光灯下，学生的企盼、家长的期待、领导的嘱托、社会的关注，如果没有明确的方向、不认识现实中的自我，就会定位偏失，角色错乱。反之，如果我们不辜负眼前的生活，而是把所有的经历都当作一种淬炼，把在事业上的奉献视为一种快乐，不自暴自弃，更不自怨自艾，学会借助美好的事物来提升自己内心的幸福指数，驱散心中的阴霾与孤寂，只有这样，才能活得精彩，内心充满阳光。

因此，我们必须从思考中认识自我，从学习中寻求真理，从独立中体验自主，从计划中把握时间，从表达中锻炼口才，从交友中品味成熟，从实践中赢得价值，从兴趣中攫取快乐，从追求中获得力量。做事严谨认真、专注细致，做人踏实乐观、豁达平和，对生活充满热爱，对工作充满激情，方正贤良、温文尔雅。一个女人能拥有这样的品质，她的人生肯定能如愿以偿。

成熟的女人要懂得独立是最优美的姿态

全职太太无幸福可言。女人要懂得独立，但独立不仅仅体现在经济上，精神和情感上的独立对女性也很重要。小鸟依人比女强人更受男人欢迎，在家庭中，男人的肩膀只是偶尔让你靠的，因为每个男人都有英雄情结，会希望你偶尔让他有当英雄的机会。但如果你变成了他肩膀上的一座浮雕，他们将难以承受！有自己的事业、有固定的收入，能让女人在社会、家庭中有自己的话语权和选择权，在此基础上，女人要努力做一个情感和精神独立的人。缺乏安全感的，要努力练习让自己的内心变得更强大；娇柔脆弱的，要学习变得更坚强；习惯依赖的，要懂得独处的意义，有独自解决问题的能力和魅力。女人的好日子不仅在璀璨的舞台上，也在凡俗的烟火中。独立而不失可爱是女人最优美的姿态！

有品位的女人要有自己的情感世界

爱和被爱，是人类情感世界里永恒的话题。女人，是爱的源头。人们爱山，爱的是山的高耸、巍峨，隐逸的气象；人们爱海，爱的是海的博大、宽容；爱月，纠结在内心的是对故乡的思念和对美好的向往；爱玉，爱的是细腻、温润的品德；爱竹，爱的是挺拔、虚心的节操；爱读书，爱的是书带来的情操和功名；爱弈棋，陶醉的是立马扬鞭的英雄气概以及伫立在楚河汉界的猎猎成风。

有品位的女人是一壶醇香的酒，更是一盆雍容华贵的蝴蝶兰，她散发出的不是光彩，而是芬芳，她懂得爱与被爱，她的情感世界多姿多彩。

当我们面对金色的霞光、碧绿的湖水、喃喃细语的相思鸟和那芳香四溢的玫瑰园的时候，我们自然会为人类文明中因为有了爱才得以丰富起来的情感而感喟。然而，我们是否想过，当暮色苍茫，境况悲凉或懊悔不迭之时回荡在

守望心田

心灵深处的情愫呢？在我们的生命中，厄运和逆境也许会突如其来，但真正的爱，永远也不会被摧毁。

流年如风，它凋落了我们青春的容颜，尘封了泛黄的页面。但在记忆的底片上，总有一些片段和镜头，哪怕是废墟和残瓦，都是吹不走、刮不倒的，时不时地，总会让人情不自禁，或心驰神往，或扼腕叹息！

丰富的情感世界，可以使女人青春永驻！

不要自己遮挡住属于自己的阳光，让世界因为女人而更加温馨，更加美丽！

2013.3.8

爱在生命里

惊蛰刚过，大地复苏，在举国上下喜庆"两会"召开的日子里，我们又迎来了第104个国际妇女节。今天我们一起共同纪念女同胞们的节日。在此，我谨代表学校的党政组织，并以我个人的名义，向在座的全体女同志致以节日的问候和美好的祝愿！

我校的女教工比例占到全校教工60%。多年来，广大女教工在教育、教学、管理和服务等岗位上踏实工作、敬业奉献，取得了突出的成绩，为学校事业发展做出了重要贡献。特别是在过去的一年中，我校广大女教工更是与时俱进，以奋发有为的精神风貌，在全面提升我校教育教学质量工作中及"巾帼建功在课堂""课改标兵""教学能手"等竞赛活动中都取得了令人欣喜的好成绩。成绩的取得展示了各位女同志在学会学习、学会工作、学会生活的过程中的美好形象，体现了大家不甘平庸、自勉勤奋的精神风貌。又是一个"三八"节，今天我们表彰了38名"巾帼标兵""三八红旗手"和"巾帼建功模范"，以此来激励我校的女教职工在新的一年里，继续努力，争取创造更加辉煌的业绩。

做女人难，做女教师更难。作为母亲、妻子、女儿，你们把勤劳和爱心留给了家人，作为职工和教师，你们把智慧和热情献给了学校。你们是家的代名词，你们是学校的顶梁柱。家庭因你们而温馨，学校因你们而精彩。

今天，共同的事业，让大家的生命又承载起了时代的重托。"中国梦"让人心驰神往。教书育人，一个古老的话题，在当下又涵盖了多少崭新的内容。

自知者明，自信者强。自信是女性走向成功的精神力量。岁月如诗如歌，在历史的长河中，你们做不了花木兰和娘子军，成不了值得大书特书的惊涛骇浪，但你们完全可以成为低回流连的美丽浪花！你们要自强自立，自信自爱。

一要做一个爱学习的女人。一个女人不学习，就像清水煮面，吃得饱没有味道；一个女人不学习，就像一张白纸，看了正面就是反面。一个爱学习的女人，就像一本好书，看了一页，还想看下一页。女人不学习，就永远没有智慧。漂亮的女人只能让男人停下，智慧的女人能让男人留下。

一个女人正因为自知不足，所以才每天学习；只要学习，就永远不晚。坚持学习，就知道怎样最有益，怎样最好，怎样最对，怎样最值，怎样最有意义。女人只有不断学习，才能变得美丽，美丽的女人是世界的一道风景，让自己赏心悦目是一种生活态度和一种能力！

二要做一个有爱心的女人。女性是生命的直接创造者和养育者。热爱家庭，热爱生活是女性的优良美德。

　　有爱心的女人，会走得很远。爱在生命里，生命就会灿烂；爱在生活里，生活就有姿彩；爱在旅途中，步履就会坚定；爱在回忆里，心灵会感到温馨。爱是一种纯粹的幸福，红尘岁月，我们守候着阳光，守候着晓月，让爱满心扉，让心随花开。此去经年，愿笑容暖暖，心意缱绻。懂得爱别人，好好爱自己，这样你才是世界上最昂贵的产品！

　　三要做一个沉静的女人。《诗经》中，《静女》和《关雎》篇有"静女其姝，俟我于城隅""窈窕淑女，君子好逑"的句子。静女，淑女，千百年来，像一轮皎洁的圆月，悬挂于历史的夜空，让每个有情的男人如醉如痴，她们的形象，为什么生生不息？一切都源于一个"沉静"。

　　沉静，是一抹远离世间烟尘的云霞，一朵浅浅的微笑，一缕有缘的心香。沉静的枝头，是信念的月季，无论红白一直执着地绽放；沉静的原野，是刚强的大树，哪管风雷雨电，一直淡淡地坚守。沉静是一种脚踏实地的心情，一种镇定自若的品格。一颗沉静的岩石，一天天一年年，拥抱多情的岁月，那生命的青苔，就是一曲不老之歌。

　　沉静，就是这样，一抹清清淡淡的色彩，很美，美得让你流泪；沉静，就是这样，一回痴痴傻傻的凝望，特纯，纯得像雪后的阳光；岁月无痕，沉静得就像你梦中独步的雨巷。谁愿意做一片流泪的云，随风肆意张扬？谁愿意做一季纷飞的雨，不由自己地飘荡四方？

　　沉静的世界，酝酿激动人心的故事；沉静的心声，跳荡轻盈快乐的音符；沉静酿的美酒，醉了今夜的星点月光。

　　沉静是一种表面以外的东西。是气定神闲的雅致，是云淡风轻的飘逸，是耐人寻味的质朴，是远离尘喧灵性的纯净。它是一种返璞归真的美，是一种端庄的气质、深层的内涵，是一种难以企及的人生境界！

做一个沉静的女人，有自己的喜好，有自己的原则，有自己的信仰，不急功近利，不浮华轻薄，做到宠辱不惊，淡定从容！

只要你是一个爱学习的女人，只要你是一个有爱心的女人，只要你是一个沉静的女人，你的人生就会异彩纷呈。

走出小家庭争挑重担，邀来众姐妹共展宏图。

祝愿大家节日快乐，青春永驻！

2014.3.8

用极致的文字赞美女人

元宵刚过，惊蛰又至。新学期开学伊始，我们欢聚一堂，庆祝第105个三八妇女节。借此机会，我代表学校，向各位女教职工同志表示节日的祝贺！

世界因为有了女人，才变得格外美丽。北街实验学校因为有了女教工，才处处呈现出勃勃生机。

女人是生命之本，女人是幸福之源，女人是世界的化妆品，女人是家的代名词。

朱自清先生说：我以为艺术的女人第一是有她的温柔的空气，使人如听着箫管的悠扬，如嗅着玫瑰花的芬芳，如躺着在天鹅绒的厚毯上，她是如水的密如烟的轻，笼罩着我们，我们怎能不欢喜赞叹呢？

古往今来，赞美女人的文字，用到了极致。我们不应该负了精妙绝伦的诗句和如诗如画的岁月韶华。

守望心田

一、做一个爱读书的女人

读书是门槛最低的高贵之举。毕淑敏说:"书不是胭脂,却会使女人心颜常驻。书不是棍棒,却会使女人铿锵有力。书不是羽毛,却会使女人飞翔。书不是万能的,却会使女人千变万化。"

女人多读书就少了俗气、娇气、怨气,多了一些大气、秀气和锐气。书是女人最好的"美容佳品",淡妆素面却格外引人注目,是气质、是修养,是让人着迷的书卷气。爱读书的女人走到哪里都是一道美丽的风景,优雅的谈吐超凡脱俗,清丽的仪态无须修饰,那是静的凝重,动的优雅,坐的端庄,行的洒脱,举手投足间优雅大方,泰然自若,浑身上下充满着独特的魅力,因文静优雅而气质不凡。

被书籍静静沐浴的心灵,才能像花朵一样绽放。

二、做一个简单随和的女人

心简单,世界就简单。女人有了城府,就会让人望而却步。复杂的女人,终究会成为孤家寡人。而随和是一种素质、一种文化、一种心态。随和是淡泊名利的超然,是曾经沧海后的井然,是狂风暴雨中的坦然。

要随和,就得克服"以我为中心"的思想。李克强总理说:"有权不能任性。"我们认为,无才也不能任性。如果自己并不出类拔萃,又要"以我为中心",那就可能既不能满足你的欲望,又有可能毁掉你自己。简单随和的人,必定是高瞻远瞩的人,宽宏大度的人,豁达潇洒的人。

但简单随和绝不是没有原则。随和的人,首先是聪明的人,他的睿智的目光洞察了世界;随和的人是谦虚的人,他始终明白"尺有所短,寸有所长"的道理;随和的人,是宽宏大量的人,在人与人之间发生摩擦时,在坚持原则的基础上,他能够以谦和的态度对待对方;随和的人,是没有贪欲的人,他可以很好地控制自己的世俗欲望。

简单随和，需要良好的自身修养，要善于沟通，学会换位思考，学会感恩。

品味随和的人会成为智者，享受随和的人会成为慧者，拥有随和的人就拥有了一份宝贵的精神财富，善于随和的人方能悟到随和的真谛。

三、做一个阳光向上的女人

女人在家庭，在社会上的角色举足轻重。作为女教师，又承担着相夫教子和教书育人的双重任务。其付出的心血，承受的毁誉，远非一般男人所能比。有时候，苦涩与甜美，迷惘与选择，阳光与风雨就是生活中的常态。有人说：女人的不幸就是孩子不听话，丈夫不回家，睡眠质量差，有钱不会花，这也说出了部分实情。

你们是有一份事业的女人，除了具备善良这个做女人的基本条件外，还须有一种能够受到绝大多数人尊重的欲望。你们虽不能母仪天下，但一定要有强烈的责任感，要有积极、健康向上的心态，要成为良好的家风、校风的引领者和创造者。

优秀的集体是由优秀的成员组成的，你们玉树临风，北校就异彩纷呈，你们自爱自强，北校就蒸蒸日上！

祝大家节日愉快！

2015.3.8

发挥好"半边天"的作用

春回大地,万物复苏。沐浴着欣欣向荣的春的气息,我们相聚在这里,共同庆祝第106个三八妇女节。此时此刻,我非常兴奋和激动,想用三个词来表达我的心情:

第一,祝贺。我代表学校领导班子及全体男教职工向女同志表示最衷心的祝贺和诚挚的慰问,祝贺你们节日快乐、工作顺利、身体健康、家庭幸福,并向你们学习,向你们致敬!

第二,感谢。人们常说:妇女能顶半边天。我觉得我校的女教职工正是如此,是你们支撑我校的半面旗帜,甚至更多。在过去的一年里,学校的各项工作得到了稳步推进、和谐发展,这是全体教职工共同努力的结果,更离不开全校女教工们的辛勤汗水。作为女同志,你们比男同志有着更多的角色,你们作为好女儿、好妻子、好母亲,把自己的力量和爱心献给了家人;作为好老师、好职工、好同事,把自己的勤奋和智慧献给学校。说实在话,你们在承担比男同志更多负担和压力的同时,仍然能够以主人翁的精神积极投入到学校的各项工作中去,爱岗敬业、埋头苦干、求真务实,为学校的建设和发展做出了不可否认的贡献。也可以这么说,学校的今天,离不开你们的顽强拼搏、敬业奉献。借此机会,允许我代表学校向你们表示崇高的敬意和衷心的感谢!

第三，希望。北街实验学校是你们展现风采的天地，北街实验学校的明天是你们开拓进取的未来。在此，我和学校班子共同希望你们进一步发扬自尊、自爱、自强、自主的精神，努力工作，团结协作，为把西峰区北街实验学校建成一流示范校做出新的贡献。让我们更加团结起来，发展自我，奉献社会。最后，愿你们以优良的职业道德、崇高的奉献精神，再铸北街实验学校新的辉煌。

做女人难，做女教师更难。灿烂的笑容背后，藏着多少辛酸。希望大家劳碌之余，别忘了忙里偷闲，关爱别人，善待自己。

人世间的女人，风姿绰约，神韵流淑。但并不是每个女人都拥有国色天香的容貌，婀娜多姿的身段，聪慧灵敏的头脑。男人眼中的女人各有各的神韵，不过，聪明、自信、贤惠、善良是男人不懈追求的永恒的标准。好女人是山，端庄大方；好女人是水，柔情绵绵；好女人是书，满腔智慧；好女人是港，安全可靠。

衷心祝愿大家节日快乐，做一个好女人！

2016.3.8

做女人不易

又是一年的"三八"节，作为节日，肯定是一个令人欣喜的日子。我代表学校向各位女同志表示祝贺！

"三八"节令人兴奋又思绪万千。

在这个日子里，作为女人，真正地感觉到了自己的存在，因为有那么多的人在为我们祝福，为我们喝彩，尽管方式各不相同。

在这个日子里，作为女人，更会从心底升腾起一种莫名的惆怅和忧伤。女人的弱势、女人的辛劳，真的有谁能够设身处地地为她们着想？

在这个日子里，作为女人，心中又平生出了几多的纠结和无奈。家庭的事管多了，工作就有疏漏；一心扑在工作上，家里就有了费解的表情。老不回娘家，心里总有一份愧疚；经常往娘家跑，谁知道丈夫在想啥。颜值高了，再正常不过的事都会招致闲言碎语；生得普通，似乎一生都在受人同情。为人谨慎、尽显女人贤淑的，别人会说你矫揉造作；处事大方、雷厉风行的，又有人认为你没有女人味……

女人真的很难。

我们是职业女性都有双重的身份；我们都是普通的女人，都在追求平淡的生活。

根据自己的理解，我给大家提三点建议。

一、永远保持善良的本色

善良是做女人之本。世界纷繁多彩，我们要有中华民族女性的传统美德，要学会与人为善。做一个可亲、可敬的女儿、儿媳、妻子、母亲和同事。

二、长期秉持勤劳的习惯

世界上本来就没有丑女人，只有懒女人。女人只有勤快了，才能活得漂亮，才能活得轻松，才能活得充实，才能活得有底气。

三、始终坚持为人处事的底线

尽好本分之责，把该做好的事情做好。女人更讲自尊，自尊了，别人才会尊你、敬你、仰望你；自重了，别人才会惯你、宠你、欣赏你。

我们要告别懒散、告别粗糙、告别生活中那不切实际而又一闪即逝的繁华！

2017.3.8

后 记

  人类社会已有数万年的教育实践积累,有数千年的教育家的理论思维积淀了。自从"教师"成为一个职业以来,中国历史上从古至今入职的能有多少人,这恐怕很难找到一个十分确切的答案。据最新统计结果证明,目前的中小学教师有一千一百多万,毫无疑问,我就是这千万分之一。从师范院校毕业后,就开始做教师了。在近四十年的工作经历中,本人先后在完全中学、职业中专、九年一贯制学校从事语文、历史、地理及哲学与政治经济学等课程的教学和学校管理工作。虽然长期居住在西部贫困地区,观念落后、信息闭塞,但近几十年来,中国基础教育发生的巨大变化,自己都有着非常深切的感受。且不提教育思想的转变,教育理念的更新,教育模式的嬗变,单就课堂教学而言,从传统意义上的"满堂灌"到今天的"慕课""翻转课堂",从"两支粉笔一本书"到现代化多媒体教学手段的广泛运用,变化之快,令人目不暇接。

  其实教育总是在不变中求变。教育是一门科学,它有其自身的发展规律,教育的对象是活生生的人,因此,它又必须遵循人的成长规律。

  我从开始做教师,到后来当校长,养成了思考的习惯,养成了动笔的习

守望心田

惯。遇到问题就进行思考，思考的过程就记录下来。很随意，很零散，也不一定有明确的主题。思考的结果有时很不成熟，但日积月累，留下来的文字，却折射出了自己大半生职业生涯的基本轨迹。

会思考应该是一个合格教师的最基本的能力，而勤读善写则是一种职业习惯了。热爱这份工作，又愿意为此竭尽全力，这就是教育情怀。

《守望心田》分为三部分。"杏坛管窥"是本人多年来在省级以上刊物正式发表或获过省、市级奖励的专业论文的一部分。"驿路偶得"主要是职业感悟及校园见闻。"心园絮语"是当校长二十年来，在学校内部各种会议上的发言、讲话摘录。三部分内容并非泾渭分明，只是为方便浏览而进行的一个粗线条的分类。从涉及的内容上看，有教育理论探讨、教材教法研究、德育教育、校园文化、课堂教学、后勤管理、师德师风建设、教师专业能力提升、学生核心素养培育等多个方面。

我不是教育家，但我是一位扎根基层、至今仍身处教学管理一线的普通教师、草根校长。几十年的教育实践，使我有了"闲话"和探索基础教育方面相关问题的一点勇气。学校的工作细微琐碎，我记录的内容也就不可能是鸿篇巨制。加之本人缺乏深厚的教育理论素养，在对某些教育现象的叙述及对某些热点问题的阐释过程中，定有词不达意和失之偏颇之处，诚请方家指教！

本书在组稿、校对过程中，我的同事刘涛、曹义、朱宏信、张婷等同志做了大量的工作，陇东学院教师发展中心主任闫淳冰教授拨冗作序，一并表示感谢！

作者

2020.3.1